écriture　新人作家・杉浦李奈の推論 VII

レッド・ヘリング

松岡圭祐

角川文庫
23466

目次

écriture 新人作家・杉浦李奈の推論 VII 5
レッド・ヘリング
解説 吉田大助 298

1

引っ越しセンターがくれる段ボール箱が白いのは、色彩的に軽く感じさせるためだという。それによって業者の疲れぐあいが軽減されるらしい。

江戸川乱歩《えどがわらんぽ》は生涯で五十回近く引っ越しを繰りかえした。乱歩の生きているころには、当然ながら白い梱包資材による配慮などなかった。文明の利器にも恵まれていなかった当時、よくそこまで引っ越しをつづけられたものだ。

乱歩と同じ三重県出身で、職業も小説家と共通するものの、知名度は遠くおよばない二十四歳。杉浦李奈《すぎうらりな》もようやく引っ越しを完了した。といっても、前に住んでいたアパートからは目と鼻の先のため、いっさい業者の手を借りていない。搬出と搬入は友達が協力してくれた。運送は兄の運転する軽トラで安く済んだ。もちろんレンタカーだった。

日曜の午後、サッシの外にひろがる青空は、すっかり晩秋の脆《もろ》さに満ちていた。同い年の作家仲間、那覇優佳《なはゆうか》がバルコニーにでている。ロングワンピースを風に泳がせ、優佳ははしゃぐような声をあげた。「絶景じゃん！　中杉《なかすぎ》通りが眺め渡せて」

苦笑せざるをえない。李奈は部屋のなかから声をかけた。「二階だよ……」

「あんまり高くないのがいいんだって。道沿いのケヤキの木が黄葉真っ盛り。綺麗《きれい》だよね。向かいにコンビニもあるじゃん」

引っ越しの最中にも、歩道に降り積もる落ち葉を目にした。掃除が大変そうだ。四階建て低層マンションの住人として、なにか手伝えることはあるだろうか。

同じ阿佐谷北《あさがやきた》であっても、李奈がこれまで住んでいたのは、住宅街の奥深くにある安アパートだった。中杉通り沿いのルールは新たに学ぶ必要がある。

築年数はそれなりに経っていても、隣人の生活音が響いてこない、鉄筋コンクリート造がまず嬉《うれ》しい。オートロックのエントランスも初めてになる。ここは二階の1LDKだった。ゴミを指定の曜日ではなく、いつでも一階のゴミ置き場にだしておけば、管理人が処置してくれる。たったそれだけのサービスでも至れり尽くせりに思える。

家具は運びこんだばかりで、細かい整理整頓《せいとん》はまだこれからだ。空っぽの書棚の前で、三つ年上の兄、航輝《こうき》がしゃがみこんでいる。きょうは仕事帰りでないため、スーツでなくTシャツにチェスターコートを羽織っていた。本が二十冊ずつ、紐《ひも》で縦横に縛った状態で、床の半分を埋め尽くす。

航輝がハサミで紐を切った。「さて。本を並べるか」

李奈は歩み寄った。「お兄ちゃん、それはいいから」

「なんで？　このままだと邪魔だろ」

優佳がバルコニーから室内に戻ってきた。「並べ方にこだわりがあるんだって」

「ああ」航輝は問題ないといいたげな顔を向けてきた。「題名の五十音順か？　それとも作家名？　版元ごとに分けたほうが背表紙も綺麗に揃うか」

すると優佳が悪戯《いたずら》っぽく笑った。「李奈はね、いつもいちばん手にとりやすいところに新思潮《しんしちょう》派を並べるの」

航輝が眉《まゆ》をひそめた。「新思潮派……？」

「芥川《あくたがわ》に谷崎潤一郎《たにざきじゅんいちろう》、菊池寛《きくちかん》あたり。無頼《ぶらい》派とは隣接させないんだっけ？」

李奈は答えた。「無頼派は余裕《よゆう》派と同じ段にしたくて。特に太宰《だざい》と漱石《そうせき》は隣どうしにしたい」

「わかる」優佳が呼応した。「尾崎紅葉《おざきこうよう》には当然、泉鏡花《いずみきょうか》と徳田秋声《とくだしゅうせい》を並べるでしょ。北原白秋《きたはらはくしゅう》と室生犀星《むろうさいせい》も一緒。その下の段に明星《みょうじょう》、白樺《しらかば》派、三田《みた》派あたり？」

「そう。でもプロレタリア文学と新興芸術《しんこうげいじゅつ》派はどうしようかな。同じ段はちょっとちがう気がする」

手をとめた航輝が真顔でハサミを差しだしてきた。「まかせる」

優佳と笑いあったとき、玄関ドアが開く音がした。兄の航輝と同世代、二十代後半の小説家、曽埜田璋《そのだあきら》がポリ袋を提げて戻ってきた。「出前館から届いたよ」

四人でテーブルを囲んだ。ポリ袋からとりだされたのは、唐揚げチキンとポテト、各種飲み物。午前中はずっと引っ越し作業に追われていたため、少し遅めの昼食になった。

李奈は一同にいった。「本当にありがとう。お礼は出世払いでかならず……」

曽埜田が顔の前で手を振った。「いいって。このご馳走《ちそう》だけで充分だよ」

優佳もうなずいた。「むしろわたしたちが奢《おご》りたい。李奈の一般文芸第二弾出版を祝して」

「そんな」李奈は戸惑いをおぼえた。「なにからなにまで手伝ってもらったのに悪すぎ」

「なんで遠慮すんの？　めでたいじゃん。『マチベの試金石』は重版間近なんでしょ？」

「まだKADOKAWAの菊池《きくち》さんから正式に連絡を受けてない。やっぱ引っ越し早すぎたかも。家賃払えるかなぁ」

「だいじょうぶだって！　李奈は口の左下にほくろがあるじゃん」

航輝が優佳にきいた。「食いっぱぐれがないって？」

「ちがうよー」優佳が笑った。「食欲旺盛《おうせい》は口の右下。左下のほくろは努力家で誠実。人望があって異性からも好かれる」

ストローをすする曽埜田が軽くむせた。優佳が横目で見ながらにやにやしている。李奈は気づかないふりをした。

前のアパートは住所がマスコミにばれてしまった。引っ越しを急いだのはそのせいもある。近所であっても場所を変えればひとまず安心だろう。銀行や駅など、同じ生活環境を維持できるのはありがたい。阿佐ヶ谷《あさがや》文士の御利益にもまだ当分すがれる。

兄の航輝がチキンを頬張りながらいった。「これからは売れっ子作家だな」

李奈は首を横に振った。「とんでもない。初版三千部がなんとか完売できそうってだけ。収入は雀の涙だし、コンビニのバイトもやめられない。次は売れ線のラノベにしないと」

「出版業界人の駆けこみ寺は継続すんのか？　しょっちゅうメールで相談が寄せられてるだろ？」

「そっちはもうなるべくなら……。小説に集中したいし」

優佳が見つめてきた。「妙な依頼も増えたよね？　このあいだもなんだっけ、聖書の研究本の執筆依頼だとか」

「そう」李奈はため息をついた。「明治時代に翻訳された新約聖書について、詳細に調べた研究本を書いてほしいって」

「自費出版費用とギャラをだすって提案だったんでしょ？　たしかに商業出版じゃ売れそうもないもんね」

曽埜田が訝《いぶか》しそうな顔になった。「なんだそれ？　どっかの怪しげな宗教団体からの依頼とか？」

「いえ」李奈は笑ってみせた。「宗教系とは無関係の企業の社長さん。純粋に関心があってのことらしいけど、なんでわたしに依頼したのかなって」

航輝は当然といいたげな態度をしめした。「難事件を次々と解決した作家となれば、一目置かれて当然だろ」

李奈は腑《ふ》に落ちなかった。「いくつかの事件に関わったのも、それなりに役に立てたのも、ただの偶然にすぎないのに」

「そんなことないだろ。世間が李奈の真価に気づき始めてるんだよ」

「作家として評価されたい」

「おまえ変わったよな」

「なにが？」李奈はきいた。

「ひどく内気で、頼まれたことを断れない性格だったのに。その社長さんの依頼はどうやって退けた？」

「明治時代にでた聖書ってのが見つからなくて」

「あー……。それなら納得せざるをえないか」

　一同は笑いあった。航輝がスマホをいじりだした。「とにかく『マチベの試金石』出版万歳。アマゾンのレビューを見ても評判いいしな」

　李奈はつぶやいた。「数件のレビューがついてるだけだし」

　兄のひいき目には辟易《へきえき》させられるものの、祝福されるのは悪い気がしない。本当の成功に変えられるかどうかは自分しだいだった。

　スマホを見つめる航輝の表情が、にわかに曇りだした。「あれ……？」

「どうかした？」李奈はスマホをのぞきこもうとした。

　ところが航輝はスマホの画面を消灯し、さっさとしまいこんだ。「まあ感想は人それぞれだからな……」

優佳が猜疑心《さいぎしん》を募らせたように、自分のスマホをチェックしだした。目を丸くした優佳が驚きの声をあげた。「なにこれ⁉」

今度はその画面が李奈の目に入った。思わず全身が凍りつく。アマゾンの『マチベの試金石』販売ページ、評価の平均が星一個になっている。けさまでは星四個以上だったのに。

奇妙なことに投稿数が激増している。少しずつ評価がついて、やっと十件に達したはずが、急に四十件以上も投稿されていた。この平均点になったからには、みなこぞって星一個の評価を下したのだろう。

優佳が指先で画面をスワイプする。表示がスクロールした。首をひねりながら優佳がいった。「おかしいなぁ。レビューはみんな好評のままだよ？　っていうか新規レビューは一件もない」

曽埜田が表情を険しくした。「アマゾンはレビューを書かなくても、採点の星だけを投稿できるからな。その場合は投稿者のアカウント名もわからない」

航輝が唸《うな》った。「買ってない人も投稿できちまうんだろ？」

「前はな」曽埜田がうなずいた。「どんな商品にも、星一個をつける悪ふざけが横行して、アマゾン側がいろいろ対処してる。むやみに星一個が集中すると、受け付けない仕組みができてるみたいだ。システムは日進月歩だし、詳しいことはわからないけど」

「だけど」優佳が不満げにうったえた。「こんなに大勢がいっぺんに悪ふざけするなんて、ちょっとありえなくない？」

「有名税ってやつかな」曽埜田が深刻なまなざしを向けてきた。「とうとうアンチの総攻撃を受ける立場になったとか」

「そんな」李奈は嘆いた。「そこまで売れてませんよ。前とたいして変わらないのに」

スマホを見つめる優佳の眉間《みけん》に皺《しわ》が寄った。「李奈のラノベも軒並み星一個になってる……。岩崎翔吾《いわさきしょうご》に関するノンフィクションもそう。『シンデレラはどこに』まで下げられてるよ？　李奈の著書だとは公表してないのに」

突如として組織的な嫌がらせが始まったのだろうか。けれどもほかの小説家がこんな目に遭ったとはきいていない。なぜ自分だけ吊《つる》し上げられるのか、理由がまるで思い当たらない。ペンネームで執筆したノンフィクション『シンデレラはどこに』まで標的にされるとは、内情を知る誰かが李奈の著書だと吹聴《ふいちょう》したのか。

インターホンが鳴った。李奈は気もそぞろにキッチンに向かい、通話ボタンを押した。

小型モニターにエントランス前が映しだされた。十代半ばとおぼしき少年少女ばかり、十人前後が詰めかけている。誰だろうと李奈は思った。ひとりとして面識がない。当惑ぎみに李奈は応答した。「はい……」

画面のなかの若者たちは、いっせいに顔を輝かせた。ひとりの少女が興奮ぎみにきいた。「す、杉浦李奈さんですか⁉」

「そうですけど……」

若者たちが揃って黄いろい歓声をあげた。少女は目を輝かせていった。「わたし『雨宮の優雅で怠惰な生活』の大ファンなんです！『トウモロコシの粒は偶数』も大好きです」

「は、はい。ありがとうございます」

「あのう。あつかましいんですけど、よろしければ本にサインを……。一緒に写真を撮っていただけたら、本当に嬉《うれ》しいんですけど」

航輝がつかつかとやってきて、李奈に代わり応答の声を発した。「すみません。みなさん、いったいなぜここに？ どうやって住所がわかったんですか」

「どうって」少女がほかの若者たちを見た。みな悪びれた表情をしていない。代表するようにひとりの少年が告げてきた。「ウィキペディアに載ってたので」

「ウィキペディアだって？」

李奈はあわてて自分のスマホを手にとった。検索しようとしたとき、スマホのバイブが震えだした。電話の着信画面に〝新潮社　草間《そうま》〟と表示された。

以前に推理作家協会の懇親会で挨拶《あいさつ》を交わした編集者だ。機会があったら原稿を見てもらえませんか、そんなふうに頼んでおいた。李奈は電話に応じた。「はい、杉浦です」

「杉浦さん。草間ですが」淡々とした男性の声が李奈の耳に届いた。「お送りいただいた原稿、拝読させていただきました」

「……はい？」

「なんといいますか、新機軸に挑戦されたかもしれませんが、私が杉浦さんに期待するのはこういう方向ではなくて……。たぶんこれが出版されるとなると、杉浦さんの読者もがっかりすると思います」

「まってください。あのう、わたしの原稿をお読みいただいたんですか？」

「そうですよ。『アンヌンツィアータの熱い夜』という」

まるで知らない題名だった。李奈は草間に問いかけた。「原稿をお渡ししたおぼえがないんですが」

「杉浦さんからのメールに添付されていました。……ひょっとして杉浦さんが書いたものではない？」

「記憶にありません。わたしのメアドからの送信でしたか？」

「ええと、そこまでは……。すみません、確認していなくて」

「よければその原稿データ、こちらにお送りいただけませんか。前にお渡しした名刺のメアドに」

「わかりました。ただちに送ります」

通話が切れた。李奈はただ途方に暮れ、その場に立ち尽くすしかなかった。いったいどうなっているのだろう。

優佳が血相を変え、李奈にスマホを向けてきた。「たしかにウィキペディアに載ってる！　杉浦李奈の項目に住所が……」

李奈は画面表示を読みあげた。「〝この項目は特筆性の基準を満たしていない恐れがあります〟……」

「こんなの貼りつけたのも嫌がらせだよね。李奈は何冊も本をだしてるし、充分に特筆性を満たしてんじゃん。住所は削除しとくけど、どっかの馬鹿と編集合戦になったら厄介。当分は目が離せなくなる」

航輝が駆け寄ってきた。「李奈。愛読者たちにはお引き取り願った。住所も拡散しないよう頼んどいたよ」

「サインぐらいかまわなかったのに……」

「そういう問題じゃないだろ。今後も応援してくださいとは伝えておいた。いつの間にか愛読者が増えつつあるんだな。そこはありがたい。でも自宅に押しかけてくるのはまちがってるし……」

李奈のスマホがまた鳴った。画面にはなんと〝母〟と表示されている。しかもビデオ通話が着信していた。動揺とともに通話ボタンをタップした。

画面に母の顔が大写しになった。「李奈！　あんたって子は……。東京は危険だって、あれほどいったでしょ！」

困惑する李奈の手から、航輝がスマホをひったくった。李奈にも見える角度に画面を傾け、航輝が母に応答した。「お母さん。なにがあったんだよ」

母が画面越しに憤りをぶつけてきた。「送られてきたDVDを観たの。航輝、あんたも知ってたの？」

「なんの話だよ」

「これよ、これ」画面が揺れた。スマホがテレビに向けられた。

テレビには夜の飲み屋っぽい店内が映しだされている。照明が落とされ、妖《あや》しげなムードが漂っていた。ボックスシートには一見してホストとわかる男性が座っている。ホストが肩を抱いているのは、ドレス姿の若い女性客。まんざらでもない顔をしながら、ホストに身を寄せている。

李奈は愕然《がくぜん》とした。女性客はまぎれもなく李奈自身だった。

航輝が目を瞠《みは》った。曽埜田も言葉を失ったようすで茫然《ぼうぜん》とたたずんでいる。どちらもドン引きに近い反応だった。

優佳も信じられないという顔になった。「李奈……。カツカツの生活のはずでしょ。ホスト通いしてたなんて……」

「誤解だってば！」李奈は必死にうったえた。「こんな店に行ったおぼえはない」

音声がきこえる。やたら甘い女の嬌声《きょうせい》だった。「きょうはサトシの好きにして」

録音した自分の声をきいたことがある。いまのはあきらかに李奈の声だった。優佳の顔がいっそう硬くなった。李奈は鳥肌の立つ思いだった。

「おっと」航輝が手もとのスマホを見つめた。「李奈。メールの着信があったと表示がでてるぞ」

「メールを開いて。お母さんにはちょっとまってもらって」

航輝がスマホの画面をタップした。「新潮社の草間さんって人からのメールだ。〝さきほどの件、原稿データをお送りします〟」

李奈は航輝の手からスマホを取り戻した。原稿はＷｏｒｄファイルだった。アイコンをタップすると、あっという間にダウンロードが完了し、原稿の本文が表示された。題名は『アンヌンツィアータの熱い夜』。杉浦李奈著とあった。

一行目から顔が火照るのを感じる。えげつない直接的な表現で、やたら官能的な描写がつづく。こんな小説を書いたおぼえはない。文体や構成も李奈とはまるでちがっている。

また電話が着信した。強制的に母とのビデオ通話は切れ、音声通話の着信画面が表示される。今度は〝櫻木沙友理《さくらぎさゆり》〟とあった。李奈は泡を食いつつ応答した。「はい」

「杉浦さん？」沙友理の声もずいぶん低かった。「いま編集者から連絡があったの。アマゾンのキンドル本で、あなた名義の小説が販売されてるんだけど」

「それがなにか……？」

「出版社による配信じゃなく、ＫＤＰの自費出版で、しかも内容がわたしの小説を一部変えただけ」

「な」李奈はめまいをおぼえた。「なんですって。そんな馬鹿な」

「落ち着いて。杉浦さんがしたことだなんて、わたしはまったく信じてない。誰かがあなたの名前を使って悪戯《いたずら》をしたんだと思う。顧問弁護士からアマゾンに働きかけてもらって削除を求めるけど、あなたも協力して」

「わたしはどうすれば……」

「身におぼえがないと証言してくれるだけでいいの。他人の名を騙《かた》った悪意ある配信だと証明できれば、削除も早まるから」

「わかりました。なんでもやります。櫻木さん……。ご迷惑をかけてごめんなさい」

沙友理の声はいくぶん穏やかになった。「迷惑だなんて。あなたの責任じゃないんだし。とにかく協力して対処しましょう」

「ありがとうございます。わざわざどうも……」李奈は電話の相手に何度も頭をさげた。

通話が終わった。李奈は一同を眺めた。誰もが気遣わしげに李奈を見つめてくる。部屋が揺れていた。地震とはちがう。船のようにゆっくりとした横揺れだった。脚に力が入らず立っていられない。疲れきり眠りに落ちるときのように、急速に意識が遠のきだす。李奈は後ろ向きに倒れだした。

「李奈！」優佳があわてながら駆け寄ってきた。

航輝と曽埜田が李奈の身体を支えた。おかげで倒れきらず、のけぞるに留《とど》まった。そこまでは自覚できた。だが李奈は深い奈落《ならく》の底に落ちていった。目の前が真っ暗になる。知覚も思考も働かなくなった。

2

失神から回復して数日、ずっと悪夢を見ているような気分がつづいた。KADOKAWA富士見《ふじみ》ビル、消灯した暗い会議室で椅子に腰掛けていても、すべてが現実感を欠くように思えてくる。

担当編集者の菊池のほか、編集長や副編集長を含む十数人が、正面のスクリーンを眺めている。優佳も同席していた。プロジェクターの映像を投影するスクリーンのわきに、少しふっくらしつつも美形な三十代、万能鑑定士Qこと小笠原莉子《おがさわらりこ》が立つ。レディススーツ姿の莉子は、指し棒を片手にスクリーンを仰ぎ見た。

莉子がいった。「このホストクラブの店内らしき映像は、杉浦李奈さんのご実家に匿名で送られてきたDVDの収録内容です。李奈さんとホストが一緒にいるうえ、声も李奈さんにそっくりです」

眼鏡をかけた五十代男性、葛西《かさい》編集長が問いかけた。「そっくりとおっしゃると、本人ではないということですか」

「そうです」莉子はテーブルに近づき、ノートパソコンを操作した。「李奈さんにうりふたつの女性客の、目もとを拡大してみます。ご覧のとおり虹彩《こうさい》の輝きが常に一定です」

「ありえないことなんですか」

「ええ。黒目の部分すなわち角膜は半球形です。光を屈折させ網膜に像を映すレンズの役割を果たします。光の入射角が同一だったとしても、反射角は絶えず変化します。特殊な構造のうえ、体温や涙の影響を受けつづけるからです」

三十代後半の女性、海野《うみの》貴子《たかこ》副編集長が莉子にきいた。「具体的な証明は可能なんでしょうか」

莉子が応じた。「ドワンゴさんの協力により、解析用アプリを提供していただきました」

KADOKAWAの子会社、ドワンゴから来た三十代男性、豊島《としま》取締役も列席していた。豊島が座ったまま編集部の面々に告げた。「いま小笠原先生がおっしゃった角膜の反射について、両眼の光の反射ぐあいを比較し数値化できます。導きだされる光の入射角が、左右共通であるほど高いスコアになります。本物の被写体なら〇・七前後です」

　マウスをクリックする音が響く。莉子の操作でスクリーンに解析用のウィンドウが開いた。ふたたびスクリーンに向き直り、莉子が厳かな声を響かせた。「この映像におけるスコアは〇・三未満。敵対的生成ネットワーク〝GAN〟による機械学習で再現された、偽物の目の輝きです」

　列席者がざわついた。編集者の菊池が緊迫の声を漏らした。「するとディープフェイクですか」

　莉子がうなずいた。「AIにより顔のすげ替えをおこなうディープフェイクです。別人の女性客の顔に、李奈さんの特徴を合成したものです」

「声も偽造ですか」

「AIボイスチェンジャーアプリは、ディープフェイクより広くでまわっています」

　ドワンゴの豊島が補足した。「ヤマハはビッグエコーに、歌声が有名シンガーの声に変換されるカラオケサービスを提供しました。もう普遍的な技術ですよ」

　葛西編集長が唸《うな》った。「なんと……。しかしこれを作った何者かは、どうやって杉浦さんの顔や声のデータを取りこんだんですか」

莉子が冷静に答えた。「李奈さんは岩崎翔吾さん事件や、先日の『桃太郎』連続殺人事件に絡み、マスコミのインタビューを受けています。あれだけの映像で充分なんです」

豊島が葛西編集長にいった。「ニコニコ動画にも、ディープフェイクやAIボイスチェンジャーを使ったフェイク映像が、さかんに投稿されます。たいてい衝撃映像の類《たぐ》いを、有名人の顔と声にすげ替えた、悪質ないたずらです。さっきのアプリでフェイクが判明しだい、自動削除する仕組みを開発中です」

海野貴子副編集長が李奈に向き直った。「杉浦さん。アマゾンからも連絡がありました。不正に取得された複数のアカウントにより、星一個の投稿が大量におこなわれたと確認したそうです。〝アマゾンで購入〟マークが付くよう、AIを誤認させる投稿方法も用いられてたそうで、それらはすべて削除したと」

菊池がつぶやいた。「大御所やベストセラー作家になれば、星の数なんかまったく問題じゃなくなる。星の平均が一・五や二でも売り上げが落ちない。大衆の評価が買う買わないの基準じゃなくなるんだ。書店で買う愛読者も圧倒的に多いからな。ただし新人のうちだけは、ネット書店の採点の平均はかなり響く」

優佳が不服そうな顔になった。「わたしたちにとっては死活問題ですよ。もっと追及できないんですか？　アマゾンは投稿元のＩＰアドレスを解析してるんじゃないんですか？」

「それがどうやら、今回にかぎっては解析できなかったらしくて」

ドワンゴの豊島が腕組みをした。「エクスプレスＶＰＮという、ＩＰアドレスを隠すセキュリティツールの販売サービスがあります。似たようなサービスはほかにも世界じゅうにありますが、弊社でもすべては把握しきれていません。アマゾンも同様でしょう」

「でも」優佳がじれったそうな声をあげた。「何者かがアマゾンのＫＤＰに杉浦李奈名義で登録して、電子書籍の自費出版をおこなったんですよね？　内容は櫻木沙友理さんの小説の丸ごとコピー。登録時にアマゾンがチェックしないんですか？」

豊島が優佳を見つめた。「ふつうＫＤＰの利用者は、アマゾンから印税を受け取りたいがため、本人確認にも正直に応じます。でも今回の場合、何者かは収益ではなく、ただ嫌がらせが目的だったようで……。申請データの氏名や住所もでたらめだったそうです」

「もう。悪質。新潮社の草間さんには、李奈を騙った原稿が送られてきたんですよね？　メアドから判明しそうなもんじゃないですか」

李奈は浮かない気分でささやいた。「優佳。送信にはクイックメールが使われてた。十五分間でメアドが消える使い捨てフリーメール。とっくに返信は無理」

菊池が首を横に振った。「あれはどっかの官能小説だろう。杉浦さんの文体とは似ても似つかない。担当編集の僕が保証するよ」

莉子も同意をしめした。「TDI社に文学テキストマイニングの解析を依頼した結果、別の著者と証明されました。グーグルブックスで検索しても、該当する小説は見つからなかったので、同人作品の類いでしょう。誤字も多く〝社〟が〝杜〟、〝甲〟が〝申〟、〝待〟が〝侍〟になっているところをみると、元データは紙です」

葛西編集長が応じた。「なるほど。どれも光学文字認識《OCR》に起こりがちな誤変換ですね。テキストデータの原稿ではなく、印刷された文面をスキャナーで読み取ったんでしょう。どこかの同人誌に掲載された官能小説を」

優佳が怒りをあらわにした。「こんなのもう犯罪ですよ！」

「あのう」菊池が難しい顔を向けてきた。「杉浦さん。じつは編集部にも嫌がらせが……。匿名の電話やメールで、杉浦李奈作品の文中に差別用語があるから、出版を停止すべきだと」

驚くには値しない。講談社の編集者からも同じ報告があったからだ。李奈は陰鬱《いんうつ》な思いとともにきいた。「横読みすると差別用語になる箇所があるとか、そういう話ですよね」

「そのとおりだよ。難癖以外のなにものでもない。縦読みの小説に対し、無理やり横読みの三文字を拾って、ほら差別用語だとか出版禁止用語だとか、こじつけめいた批判をしてる。右から読むとか、斜めに読むとか、なんでもありでね」

優佳が露骨に顔をしかめた。「そんなのイチャモンじゃないですか。KADOKAWAさんとしては当然屈したりしないですよね？」

編集長と副編集長が困惑顔を突き合わせた。葛西編集長がおずおずといった。「もちろん理不尽なことではあるけれども、わが社としても業務に支障をきたす以上は、問題解決まで様子見ということに……」

「様子見？」優佳が嚙《か》みついた。「それどういう意味ですか。まさか厄介払い？　李奈の作品を扱わないとか？」

「そうはいってませんよ。でも、そのう、取次や書店に迷惑をかけるわけにもいかないので、騒動が一定の決着をみるまで、当面は流通を自粛することで……」

莉子が演壇を下りてきた。葛西編集長に歩み寄ると、一通の封筒を差しだした。

「櫻木沙友理さんから手紙を預かってきました。杉浦李奈さんの小説について販売を控えるようなことがあれば、今後永久に御社とのお付き合いはないと」編集部一同がいっせいに表情をこわばらせ、それから無理やり笑顔に転じた。葛西編集長はひきつった笑いとともに手紙を受けとった。「そ、そんなこと考えてもいません。なあ？」

同意を求められた海野貴子副編集長も、精いっぱいの笑みを取り繕っていた。「もちろんですとも。不条理な脅迫に屈するなんて、大手出版社としてありえません」

李奈はしらけた気分で優佳を見た。優佳も同感といいたげな顔で見かえした。大手出版社はなぜいつもこうしらじらしいのだろう。

莉子の穏やかなまなざしが李奈をとらえた。「不安だろうけど心配しすぎないでね。いつでも協力するから。これ、わたしの新しい仕事場の住所」

名刺が差しだされた。李奈は立ちあがり深々と頭をさげた。「わざわざすみません……」

李奈は受けとった名刺を見た。鑑定家、小笠原莉子。事務所の所在地は新宿区《しんじゅく》神楽《かぐら》坂《ざか》となっている。意外に思いながら李奈はいった。「万能鑑定士Qのお店があった神楽坂ですか」

「馴染《なじ》み深い場所だから。白金《しろかね》からは南北《なんぼく》線で一本、十五分ぐらいだし」

「お忙しいところをご足労いただいて」

「そこは平気」莉子は微笑した。「夫がここの社員だったころから、よく足を運んでたし」

「でも鑑定のお仕事がおありですよね？　桜《さくら》さんと悠葉《ゆうは》君の育児も」

「桜の保育園に、悠葉も一時預かりしてもらってきたの。これからすぐ帰るけど、夫が休みの日なら、またわたしも外出できるから」

「でもご主人に悪いですし……」

菊池が口をはさんできた。「彼は子煩悩だから平気だよ」

優佳も腰を浮かすと莉子に問いかけた。「いったいなにが起きてるんでしょう？　なんで李奈が嫌がらせされるんですか？」

莉子は考える素振りをした。「名前が知られるようになって、やっかみを受ける状況もでてきたか、または事件に関わったせいで誰かの恨みを買ったとか」

葛西編集長が向き直った。「ありえますよ。今回のことはどれも、売れてきた小説家がされがちな嫌がらせばかりです。ただしどれも規模が大きめで、手口が巧妙で陰湿、しかも同時多発に起きてるところがちがう」

ドワンゴの豊島がうなずいた。「ディープフェイクですら、もう有名人への嫌がらせとしちゃスタンダードな部類に入ります。とはいえたいていニコ動やユーチューブに上げるぐらいです。わざわざDVDに焼いて実家に送りつけるとなると……」

李奈は心が沈むのを感じた。「わたしはそこまで有名じゃありません。『マチベの試金石』が売れたといっても、アマゾンの本ランキングでせいぜい最高二千位台でしたよ？」

優佳が憂いのいろを浮かべた。「警察に相談すべきじゃない？　あ、でも変に騒がれたら、李奈が損しちゃうのか……」

海野貴子副編集長が指摘した。「問題はそこです。小説家は人気商売ですから、本人に起因しなくても、こういうことが報じられるとマイナスに働きます。芸能人はかえって応援に火がつき、追い風が吹いたりしますけど、小説家の場合は……」

よくわかると李奈は思った。自分も読書愛好家だからだ。小説を読むことはあくまでパーソナルな趣味でしかない。読書への没入を誘う作家論なら歓迎だが、それ以外の雑音は読む気を失わせる。小説家のせいではないとわかっていても、人間的ないざこざがきこえてくると、なんとなく醒《さ》めてしまう。映画は受動的に鑑賞するうち、監督や俳優のスキャンダルを忘れられるかもしれないが、小説というものは能動的に読み進める必要がある。努力が求められるぶんだけハードルが高い。空想の作中世界以外をちらつかせてほしくない。

　脅迫を受けているとの報道がなされれば、杉浦李奈の名は広く知られるだろう。しかしそれは読者以外が騒ぐにすぎない。知名度はあっても読書欲が駆り立てられなければ、本という商品は恐ろしいほど売れない。無料で観られるユーチューブチャンネルやテレビ番組、雑誌連載で目にとまる漫画とはちがう。書店で本を買ってもらうためには、デリケートで個人的な読者のニーズに背いてはならない。

　莉子がつぶやいた。「たぶん脅迫者は、そのあたりのことをよくわかってるんだと思う。嫌がらせ自体は脅迫者の罪でも、小説家が反応して騒動になれば、それ自体が売り上げ低下につながるっていう……」

　ねちねちと陰湿なやり方の犠牲になってしまう。腹立たしいかぎりだった。あるいは小説家として歩む日々に、試練のときが訪れたのかもしれない。執拗《しつよう》な脅しに萎《な》えしぼんでしまうか、あくまで立ち向かおうとするか。

　内線電話が鳴った。菊池が壁際に向かい受話器をとった。「はい。……ええ、いますよ。わかりました、伝えます」

　受話器を置いた菊池が李奈に向き直った。「杉浦さん。会いたいという人が受付に来てる」

「わたしにですか？」李奈は戸惑った。社員でもない李奈がここにいると、なぜわかったのだろう。知り合いでなければ訪ねてくるはずもない、菊池もそう思ったからこそ、気にせず取り次いだにちがいない。腰が引ける思いとともに李奈はきいた。「誰ですか」

「鴇巣《ときのす》さんとかいってたな。前にも連絡したらしいよ」菊池が付け加えた。「聖書の件だとか」

3

李奈は一階受付に下りたものの、来客はもう立ち去ったときかされた。しばらく近くの喫茶室ルノアールにいるから、できればそこにお越しください、そんな伝言があった。

住宅街の路地を抜け、早稲田《わせだ》通り沿いの喫茶室ルノアール、飯田橋《いいだばし》西口店に向かう。雑居ビルの階段を上って二階に入口がある。ここはKADOKAWA社内にまだ迎えられない新人の打ち合わせか、もしくは軽食を奢《おご》ってもらえる大御所と編集者の面会に使われる。李奈はどちらも経験がなかった。

昭和レトロ感漂う店内はやたら広く、まるでホテルのラウンジのようだった。ルノアールのチェーン店はどこもこんな印象だ。シックな内装のせいか、客の顔ぶれは高年の男性が大半を占める。四人掛けのテーブル席がソファなのも、ルノアールの特徴のひとつだった。

店内を見渡すと、窓際の席に並んで座るふたりの男性が、揃ってゆっくりと立ちあがった。いずれもスーツ姿で、ひとりは白髪頭の角張った顔。もうひとりはいくらか若く、馬面に黒々とした顎髭《あごひげ》を生やしている。

前に相談を受けたときはメールのやりとりに終始した。直接顔を合わせたことはない。李奈は恐縮しつつ歩み寄った。「あのう。鴇巣さんでしょうか」

白髪頭がうなずいた。威厳のある頑固そうな面立ちに、鋭い眼光が備わっている。鴇巣なる男性が名刺を差しだした。「よろしく」

受けとった名刺には株式会社エルネスト代表取締役、鴇巣東造《とうぞう》とあった。

李奈はいった。「申しわけありませんが、このところ立てこんでおりまして、ご依頼のとおりの本を執筆する余裕は……」

鴇巣が遮った。「まあそういわず話だけでもきいてもらえませんか。立てこんでいるというのは、かならずしも小説執筆に忙しいだけではないんだろう？」

沈黙が生じた。李奈は黙って鴇巣を見つめた。ただならぬ気配が漂う。鴇巣の射るような視線が、まっすぐ李奈に向けられている。

従業員が注文をとりにきた。李奈がなにもいわないうちに、顎髭が卓上のコーヒーカップを指さし、李奈も同じ注文だと無言のうちに伝えた。

かしこまりました、そういって従業員が立ち去った。李奈はふたりの向かいのソファに座らざるをえなくなった。鴇巣と顎髭も並んで腰掛けた。

李奈は背筋が寒くなる思いだった。「なにかご存じなんですか」

「なにを?」鴇巣がコーヒーカップを口に運んだ。「先にきいておきたい。録音はしてないだろうね」

「してません」

「本当に? 誓えるか?」

高圧的な態度に虫唾《むしず》が走る。単なる執筆依頼だと思っていた以上、録音の準備などしているわけがない。李奈は語気を強めた。「あなたのしわざなんですか」

「なんのことかわからないが、もしきみの身に面倒なことが起きてるのなら、いまこそ聖書の御利益を信じたほうがいいだろう。神に奉仕することで災厄を払拭《ふっしょく》できるかも」

半ば犯行を告白したも同然だった。李奈は憤りをおぼえた。「こんなやり方はまちがってます。卑怯《ひきょう》ですよ」

「私たちになにかされてると思うのなら、ただ声をあげればいい。通報するか弁護士に相談するか、版元にすがるのも悪くないだろうな。ただし理由はどうあれ、厄介ごとを抱える小説家とは、各出版社が仕事をしたがらなくなる。けちのついた作家の本を読む人も少なくなる」

「そうともかぎりません」

「ああ。例外もあるだろうな。『苦役列車』の西村賢太《にしむらけんた》あたりは別だ。私小説の場合は書き手に対する興味がリーダビリティを煽《あお》る。でもミステリやSFはちがう。トラブルで知られる作家は小説も輝きを失って見える。代わりの作家はいくらでもいるし、さっさと乗り換えられてしまう」

「わたしを陥れたいのなら、もっとほかに方法があるでしょう」

「そんなことは望んでない。きみがどんな目に遭ってるか知らないといっただろう。私はただ、聖書にまつわる仕事を引き受けることで、平穏な暮らしが戻ってくるかもしれない、そういってるだけだ」

まわりくどいが脅迫にちがいない。李奈は視線を落とした。「キリスト教に厄落としの概念があるとは知りませんでした」

「きみは読書家で博学だったな。だからこそ知恵を借りたい。買いたいというべきかな。ちゃんと報酬は払う。なんの問題がある？」

コーヒーが運ばれてきたため、テーブルはいったん静まりかえった。目の前に置かれたコーヒーカップから立ちのぼる湯気を、李奈は黙って見つめた。

従業員の後ろ姿が遠ざかる。助けを求めたところで意味はない。警察を呼んでも結果は同じだ。鴇巣は嫌がらせについて示唆したものの、物証はなにもない。李奈が弁護士に相談しようとも、鴇巣は難なく逃げを打つだろう。関係を絶ったとしても、なお嫌がらせは継続するかもしれない。

李奈は顔をあげた。「作家に執筆を強制できると本気で思っていますか。そんなことは不可能です」

「きみは承諾するよ。ふだんも編集者からの提案を受け、それに沿う小説を書かねばならないんだろう？　大御所になれば話は別だが、きみのレベルではまだ版元のいいなりじゃないか。どこにちがいがある？」

「大ありです。出版社は世間の求める作風と、小説家による創作をマッチングしてくれます。あなたはただ自分の読みたい本を、わたしに書かせようとしてるだけじゃないですか」

「今回は私がスポンサー兼企画者になるというだけだよ。きみもプロの物書きなら従いたまえ」

理不尽さに泣きそうになる。李奈は声を震わせた。「なんでわたしが……。聖書なんて専門じゃありません」

「きみの頭の回転の速さと、刑事事件すら解決した度胸に感銘を受けた。私の求める本にも、類《たぐ》い希《まれ》なる取材力を発揮してもらいたい」

「取材もなにも、明治元訳聖書なら著作権が切れてますから、ネットで閲覧すればいいでしょう。わたしにできることはなにも……」

「明治元訳聖書なんて誰がいった？」

「……明治時代に初めて翻訳された聖書について、研究本をお望みじゃなかったんですか」

最初に日本へ新約聖書が紹介されたのは、明治よりはるかむかしの一五四九年、フランシスコ・ザビエルの来日時になる。

ザビエルは周防《すおう》の大名、大内《おおうち》氏に聖書と注釈書を提供した。聖書の日本語訳が京都で出版されたとの証言もある。だがその後、日本では宣教師が追放され、キリスト教の弾圧が始まった。当時の日本語訳はすべて処分され現存していない。現代に伝わるのは、教義書や典礼書に用いられた、翻訳聖句の一部だけになる。

時代が下り明治の文明開化を迎えると、プロテスタントの宣教師による日本語訳が再開された。最も有名なのがヘボン・ブラウンによる翻訳版だった。一八八〇年に新約聖書、一八八七年に旧約聖書の日本語版が完成。これらを総称して明治元訳聖書と呼ぶ。実質的に現物が確認できる、最古の日本語版聖書とされる。

鴇巣は脚を組んだ。「ヘボンが新約聖書の翻訳版を仕上げたのは一八八〇年、明治十三年だが、同時期に丸善も別バージョンの翻訳本を出版している」

「丸善？」李奈はきいた。「書店の丸善ですか」

「そうとも。丸善が創業したのは明治二年。翌年に洋書を売る東京日本橋《にほんばし》店ができ、さらに翌年には大阪支店もできた。出版も手がけていて、明治三年には『袖珍薬説』、十年には『公會演説法』という本をだしている」

「丸善から『新約聖書』の翻訳版もでていたというんですか」

「ああ。ヘボンと同じ明治十三年にな。限定五百部、全国のプロテスタント教会で販売された。あいにくヘボン訳の『新約聖書』の陰に隠れてしまい、いまでは存在すら忘れ去られてる」

「どこにあるんですか」

「さあな。皆目見当もつかん」

「なら研究本なんか書けません」

「丸善版『新約聖書』を探すところから始めてほしいんだ。でなければ知性あふれるきみに頼んだりはしない」

無茶な話だ。李奈は思わず声を荒らげた。「古書探しなんていっそう専門外です！　ほかをあたってください」

鴇巣はやれやれといいたげにため息をついた。「きけ。私にとって杉浦李奈への依頼は、八方手を尽くしているうちのひとつにすぎない。原著探しにしろ研究分析にしろ、ほかにもいろんな駒を動かしてる。きみは作家だから、研究本の執筆を依頼した。新たな著書が増えれば、物書きとしての功績になるし、原稿料も稼げるからな」

「いったいなにが目的なんですか。丸善の『新約聖書』から、どんなことを知りたいんですか」

「純粋なる学術的興味だけだ。私の信仰心が理由ではないとだけはいっておこう。うちは神道ひとすじだったのでね」

「テーマが絞られていなければ散漫な研究本になります」

「それは一理あるな。ヘボン版の明治元訳聖書との比較を中心にしてもらいたい」

途方に暮れざるをえない。まさしく雲をつかむような話だった。李奈はささやいた。

「丸善版『新約聖書』がどこにあるか、手がかりだけでも……」

「ない。ノーヒントだ。きみはいっさいの手がかりなしに、いくつもの難事件を解明しただろう」

「無茶ですよ！　脅したってできないものはできません」

「何度いわせるんだ。脅してなどいない。私はRENという三流作家の若造のように、こざかしい真似はしない。きみの友達を傷つけるとか、そんな脅迫をおこなって逮捕されるのはご免だ」

「嫌がらせのほうがよっぽどこざかしいと思いますけど」

「そう。子供じみたやり方は、本当は性に合わん。だが効果的だ。現にこうしてきみに話をきいてもらえたんだからな」鴇巣は腰を浮かせた。見下ろす目つきは氷のように冷やかだった。「きみの才能を買って依頼してるんだ。私の期待に応《こた》えるべく努力してもらいたい。すぐれた研究本を望む。それ以外はなにもいらない。期限は一か月だ」

「丸善版聖書を探すまでですか」

「いや。研究本の脱稿までだ」

「ひと月で本なんか書けません！」

「書いてる作家もいるだろう。きみもいつも以上に執筆に前向きになるはずだ。一日も早く平穏な日々を取り戻したいと願うからにはな」

隣の顎髭《あごひげ》も立ちあがった。ふたりは伝票も持たずテーブルを離れていった。

ここの会計さえ押しつけるのか。李奈は怒りに震えたものの、立ちあがる気にもなれなかった。トラブルは小説家の未来を殺す。とりわけフィクションの作家は、黒子に徹してこそ読者から真価を認められる。妙なかたちで名が広まれば、純粋に小説を愛する読み手を遠ざけてしまう。イロモノ作家に分類されるようになり、真っ当な評価の対象からも外れるだろう。なにもかも作家として本意ではない。

けれどもこのまま言いなりになるのは我慢ならない。世間に波風を立てず、鴇巣に嫌がらせをやめさせる手はないのだろうか。李奈は憂鬱《ゆううつ》な気分に浸った。ようやく一般文芸がそこそこ認められだした、新人ラノベ作家が直面する試練としては、あまりに過酷すぎる。

いつしか李奈は項垂《うなだ》れていた。悔し涙がこぼれ落ちそうになったとき、耳慣れた友達の声が呼びかけた。「李奈」

はっとして李奈は顔をあげた。優佳が近くに立ち、心配そうに李奈を見下ろしている。

あわててレジのほうに目を向ける。鴇巣と顎髭はすでに姿を消していた。李奈は優佳に向き直った。「なんでここに?」

「ほっとけないでしょ。こっそり店内に入って、遠くの席から見てた。脅されてたみたいに見えたけど、だいじょうぶ?」

「平気……でもないかな。怖かった。これからどうしていいかわかんない」

「可哀想。でもきっとなにか手があるよ」優佳は李奈に顔を近づけると、耳打ちするようにささやいた。「スマホカメラで隠し撮りしといたし」

4

新宿区矢来町《やらいちょう》にある新潮社は、学校もしくは区役所っぽい印象がある。KADOKAWAや講談社に行き慣れていると、いっそうその思いを強くする。新潮社の社屋は外観が質実剛健、内装も簡素で、廊下にポスターも貼っていない。ブラウンより明るいナチュラルの木目調が多用され、余計な装飾はいっさいない。往来する社員は口数が少なく、実際に社内はいつも静かだった。

　李奈が優佳とともに新潮社を訪ねたのは夕方過ぎで、それゆえ編集部も閑散としていた。事務机のひしめく編集部がこれまた学校の職員室に近い。蛍光灯の明かりと抑えめの色彩のせいだろうか。

　編集者の草間は、黒縁眼鏡の似合う頰のこけた三十代男性で、やはり教員っぽさを漂わせる。理数系より文系の先生という感じだった。新潮社にはめずらしく、少しばかりいかつい顔の男性も立ち会っている。年齢は四十代半ば、差しだされた名刺には『週刊新潮』の寺島義昭《てらしまよしあき》とあった。草間によれば寺島はスクープ系の記者だという。杉浦李奈を名乗る第三者が、官能小説を草間に送りつけた件について、おおいに関心があるようだ。

　四人は事務椅子を突き合わせ、相互に意見交換を始めた。まず『週刊新潮』の寺島が、優佳から送られた動画ファイルを、タブレット端末に表示してみせた。画面にはルノアールの店内が映っている。かなりのズームで鴇巣と顎髭をとらえていた。ふたりの男が優佳に気づいたようすはないが、李奈は観ているだけで冷や汗の滲《にじ》む思いだった。

「ねえ優佳」李奈は不安とともにささやいた。「スマホから動画を削除しといたほうがいいよ」

「なんで？」優佳がきいた。

「もし誰かに拾われたりしたら……。ロックも解除されるかもしれないし」

「だいじょうぶ。わたしスマホの画像は、本体メモリーじゃなくマイクロSDカードに記録する設定にしてるの。李奈もそうしたほうがいいよ？　いまもそのおかげで、寺島さんにさっさとデータを渡せたんだし」

寺島は画面を指さした。「この鴇巣東造という男は、たしかに株式会社エルネストの代表取締役です。複数の社員から確認がとれました」

優佳が寺島にたずねた。「なんの会社なんですか？」

「ええと」寺島が事務机から紙を手にとった。「電気通信事業やＩＴ関連会社を傘下に置く持株会社です。平成十年に東証一部上場。翌々年には株式時価総額が国内四位」

李奈は面食らった。「やっぱり？　ネットで株式会社エルネストを検索したら、大企業のサイトがでてきたので、まさかと思ってました」

寺島がうなずいた。「鴇巣は年齢六十五歳、香川県高松《たかまつ》市出身です。渡米しカリフォルニア大学バークレー校に入学。現地でソフトウェア会社を興したのち、帰国しエルネスト社を設立。当初はベンチャー企業だったが、のちに純粋持株会社に移行。妻子がいたが離婚し、いまは独り身」

草間が眉《まゆ》をひそめた。「そんなお金持ちがせこい嫌がらせを……」

「それが」寺島は紙を事務机に戻した。「もう富豪じゃないんです。米金利上昇をきっかけに、世界的にハイテク株が下落しましてね。その煽《あお》りを受け、未上場企業に投資するビジョンファンドの運用成績が急激に悪化。最新の決算における最終損益が一兆二千億円」

「一兆二千億円の赤字⁉」草間が天井を仰いだ。「それで聖書にでもすがりたくなったのかな」

「いや」寺島は笑わなかった。「本人のいうように鴇巣家は代々神道だ。父親が地元の神社で権禰宜《ごんねぎ》を務めてた。アメリカ留学中もキリスト教との接点は特になかったらしい」

優佳が首をかしげた。「丸善がだした聖書ってのが、よっぽど価値ある物なんでしょうか」

李奈は優佳にいった。「莉子さんにきいたけど、たしかに丸善版新約聖書の出版記録は残ってるものの、古書としての市場価値は問われたことがないって……。翻訳者が無名で、蒐集《しゅうしゅう》家も興味をしめさないし、オークションであつかわれた前例もない。見つかっても博物館か教会に保管されるだけだろうって」

「ほんとに？　明治時代の本なのに価値がないの？」

「江戸《えど》時代の和本や唐本、浮世絵はニーズがあるけど、明治に入るとジャンルによって注目度がまちまちだって。ヘボンの明治元訳聖書が有名なぶん、傍系の翻訳版は駆逐される運命だったし、その後も特に再評価はされてない」

草間の手もとにはソフトカバーの本があった。「うちの資料室にあった『新約聖書』はこれら二冊だけです」

李奈は本を受けとった。『明治元訳新約聖書』と『大正改訳新約聖書』……。どちらも復刻版ですね。明治元訳聖書はヘボン訳で、原本がギリシャ語のTR。大正六年に改訳したほうの原本はNA」

優佳がきいた。「TRにNAって？」

「TRはテクストゥス・レセプトゥス。〝神が認めし本文〟って意味」

「あー。いっさいの改変がない原文のままとか？」

「厳密にいうと、キリストの使徒たちが書いたのが本当の原文だけど、それらは残ってないの。新約聖書として一冊にまとめる前提もなかった。のちに多くのクリスチャンがそれらを元に写本を作り、一五一六年にエラスムスってオランダ人が、全二十七巻のギリシャ語新約聖書にした」

「それがTR？」

「そう。約百年後に〝神が認めし本文〟の称号を得たの」

草間がつぶやいた。「一五一六年か。世界史で習ったな。翌年の一五一七年が、たしかルターの宗教改革で、プロテスタント教会の始まり」

マルチン・ルターが著した『ドイツ語新約聖書』も、TRに基づいている。イギリスの宗教改革者ティンダルによる『英語聖書』もしかり。明治元訳聖書もそのひとつに数えられる。

李奈は優佳を見つめた。「莉子さんの話では、丸善版を含め当時のいくつかの聖書の和訳は、TRからの直訳とはいえないものだったらしくて……。翻訳の都合によるアレンジが多かったみたい。廃れた理由はそこにもあったって」

優佳が納得の表情を浮かべた。「それならクリスチャンの支持は得られないだろうね」

「杉浦さん」草間がきいてきた。「小笠原莉子先生は、丸善版聖書を鑑定なさったことが……？」

「残念ながら見たことはないそうです。明治時代の古書に、丸善版新約聖書に触れた文章があって、それで存在を知ったとか」

莉子の夫はKADOKAWAを辞めたあと、調査会社の社員になり、妻の鑑定業を手伝っている。鑑定依頼品の背景を調べるのにひと役買っているという。けれどもそのツテをたずねまわっても、丸善版新約聖書の所有者は、いっこうに見つからないようだ。もはや現存しているかどうかさえ怪しい。

優佳が低く唸《うな》った。「市場価値はどうあれ、レア中のレアにはちがいないから、大金を払ってでも買いたがってる信者がいるとか？　鴇巣社長は聖書を手にいれて、そういう人に売ろうとしてるんじゃなくて？」

李奈は同意できなかった。「日本の古書でいちばん高値がついたのは、国際稀覯本《きこうぼん》フェアに出品された『唐柳先生文集』で、一億九千四百四十万円」

「そんなものかぁ。古書としちゃ馬鹿高いけど、鴇巣社長は一兆二千億円の負債を抱えてるんだから、焼け石に水だよね？」

一兆二千億円の負債。どうりで喫茶室ルノアールで、コーヒー代すら払おうとしなかったわけだ。まったく余裕がないことがうかがえる。スーツの身だしなみが精いっぱいの虚勢だったのだろう。

ほかに高値で取引された聖書といえば、英語版の旧約聖書になるが、一六三一年のロイヤルプリンターズ版がある。モーセの十戒のひとつ〝汝《なんじ》、姦淫《かんいん》するなかれ〟からnotが抜け落ち、〝汝、姦淫すべし〟になっている。大半は回収され焼却処分されたが、いまでもごく少数が流通しつづける。二〇一〇年にはオンライン販売で一千万円近い値がついた。とはいえやはり鴇巣の莫大《ばくだい》な赤字を埋めるには頼りない。わざわざ声にだしていう気にもなれない。

『大正改訳聖書』を開いてみた。これは原本がTRでなくNAになる。NAとはネストレ・アーラントの略。公認本文と呼ばれるTRに対し、NAはできるだけ多くの写本を参考にし、学術を駆使しながら何度も改訂、意味の正確さを追求しようとしてきた。いま日本にでまわる新約聖書の多くは、NAに基づいているときく。

最初の『マタイ傳福音書』第一章が目にとまる。口語訳ではなく、やや読みづらい文語訳だった。

一アブラハムの子、ダビデの子、イエス・キリストの系圖《けいず》。二アブラハム、イ
サクを生み、イサク、ヤコブを生み、ヤコブ、ユダとその兄弟らを生み、三ユダ、
タマルによりてパレスとザラとを生み、パレス、エスロンを生み、エスロン、ア

ラムを生み、四アラム、アミナダブを生み、アミナダブ、ナアソンを生み、ナア
ソン、サルモンを生み、五サルモン、ラハブによりてボアズを生み、ボアズ、ル
ツによりてオベデを生み、オベデ、エッサイを生み、六エッサイ、ダビデ王を生
めり。ダビデ、ウリヤの妻たりし女によりてソロモンを生み、……

読書好きの李奈でも腰が引けてしまうほどの、おびただしい量の登場人物名が、これ以降も延々とつづく。キャラクターの初お披露目は一ページ三人までという、小説作法の定石など難なく越えている。とはいえ敬虔《けいけん》なクリスチャンは、何章の何節がどんな文章かを丸暗記する。文学を超越した別の意味を持っているのだろう。

今度はTRの『明治元訳聖書』を開いてみる。こちらはヘボンが当初に訳した版と、明治三十七年に刊行された版、二種類が収録してあった。まずヘボン訳。『馬太《マタイ》傳福音書』第一章第一節。

一アブラハムのすゑ ダビデのすゑ 耶穌《イエス》キリストの系譜《けいふ》二アブラハム イサク
をうみ イサク ヤコブをうみ ヤコブ ユーダとその兄弟をうみ 三ユーダ タマル
のはらに パレスとザラをうみ パレス ヱスロンをうみ ヱスロン アラムをうみ

四アラム　アミナダブをうみ　アミナダブ　ナーソンをうみ　ナーソン　サルモンをうみ五サルモン　ラカブのはらにボーズをうみ　ボーズ　ルツのはらにヲベデをうみ　ヲベデ　イヱツサイをうみ六イヱツサイ　ダビデ王《わう》をうみ　ダビデ王《わう》　ウリヤの妻《つま》のはらにソロモンをうみ……

題名では馬太《マタイ》となっていたが、本文は当時から漢字のほか、カタカナで外来語の表記があったとわかる。ひらがなもあって思ったより読みやすい。

明治三十七年に刊行された『明治元訳聖書』ではこうなっている。

一アブラハムの裔《こ》なるダビデの裔《こ》イエス・キリストの系圖《けいづ》二アブラハム、イサクを生《うみ》イサク、ヤコブを生《うみ》ヤコブ、ユダとその兄弟《きやうだい》を生《うめ》り三ユダ、タマルに由《より》てパレスとザラとを生《うみ》パレス、エスロンを生《うみ》エスロン、アラムを生《うみ》四アラム、アミナダブを生《うみ》アミナダブ、ナアソンを生《うみ》ナアソン、サルモンを生《うみ》五サルモン、ラハブに由《より》てボアズを生《うみ》ボアズ、ルツに由《より》てオベデを生《うみ》オベデ、エツサイを生《うみ》六エツサイ、ダビデ王《わう》を生《うみ》ダビデ王《わう》ウリヤの妻《つま》に由《より》てソロモンを生《うみ》……

名前がほとんどを占めるため、どの翻訳版でもあまり変化がない。ページを先に進め、第七章の第一節から目を通してみる。まずヘボンの当初の訳。

一なんぢらとがめられぬやうに人をとがむることなかれ　いかにとなれば汝《なんぢ》らが人をとがむるところのとがめをもつてとがめらるべし二いかにとなればまた汝《なんぢ》らが人をはかるところのはかりをもつてはからるべし三おのれの目《め》に梁木《うつばり》をおぼえずしてなんぞ兄弟の目《め》にある塵《ちり》をみるや四おのれの目《め》にうつばりのあるにいかで兄弟になんぢの目《め》にあるちりをわれにとらせよといふことをえんや五偽善《ぎぜん》しやよ　まづおのれのめよりうつばりをいだして　そののち兄弟のめよりちりをいださんとてあきらかに見《み》るべし

一気に難解さが増した。明治三十七年の『明治元訳聖書』の同じ部分をたしかめてみる。

一人《ひと》を議《ぎ》すること勿《なか》れ恐《おそら》くは爾曹《なんぢら》もまた議《ぎ》せられん二爾曹《なんぢら》が人《ひと》を議《ぎ》する如《ごと》く己《おのれ》も議《ぎ》せらるべし爾曹《なんぢら》が人《ひと》を量《はか》るごとく己《おのれ》も量《はか》らるべし三なんぢ兄弟《きやうだい》の目《め》にある物《ち》

屑《り》を視《み》て己《おの》が目《め》にある梁木《うつばり》を知《しら》ざるは何《なん》ぞや四己《おのれ》の目《め》に梁木《うつばり》のあるに如何《いか》で兄《きや》
弟《うだい》にむかひて爾《なんぢ》が目《め》にある物屑《ちり》を我《われ》に取《と》らせよと曰《いふ》ことを得《え》んや五僞善者《ぎぜんしや》よ先《まづ》お
のれの目《め》より梁木《うつばり》をとれ然《さら》ば兄弟《きやうだい》の目《め》より物屑《ちり》を取得《とりう》るやう明《あきら》かに見《みゆ》べし

さっきより文字の使い方はずいぶん変わっていた。『大正改訳聖書』の該当する部分を読みくらべてみる。

一汝《なんぢ》ら人を審《さば》くな、審かれざらん爲なり。二己が審く審判にて己も審かれ、己
が量る量にて己も量らるべし。三何ゆゑ兄弟の目にある塵を見て、己が目にある
梁木を認めぬか。四視よ、己が目に梁木のあるに、いかで兄弟にむかひて、汝の
目より塵を取り除かせよと言い得んや。五僞善者よ、まづ己が目より梁木を取り
除け、さらば明かに見えて、兄弟の目より塵を取り除き得ん。

読みこなすのはかなり大変そう……。李奈はすなおにそう思った。難解な言いまわしが、すべてのページをびっしりと埋め尽くす。とはいえ文体の奥底に、読む者を惹《ひ》きつけるふしぎな力を感じる。極力無駄を省き、語るべきことが語られていて、テン

ポのよさもある。充分な時間をかけて完読するに値する、そんなふうに思わされる。

丸善版新約聖書はこれより簡単なのか難しいのか。

いつしか席を立っていた草間が、本を片手に駆け戻ってきた。「これが編集部の本棚にありました。ごく最近改訂された口語訳のようです」

これはありがたい。李奈はおじぎをし聖書を受けとった。『新共同訳 新約聖書』、日本聖書協会・編、共同訳聖書実行委員会・訳となっている。『マタイによる福音書』第七章第一節、さっきと同じ部分を参照してみる。

一人を裁《さば》くな。あなたがたも裁かれないようにするためである。二あなたがた
は、自分の裁く裁きで裁かれ、自分の量《はか》る秤《はかり》で量《はか》り与《あた》えられる。三あなたは、兄
弟の目にあるおが屑《くず》は見えるのに、なぜ自分の目の中の丸太に気づかないのか。
四兄弟に向かって、『あなたの目からおが屑を取らせてください』と、どうして
言えようか。自分の目に丸太があるではないか。五偽善者よ、まず自分の目から
丸太を取り除け。そうすれば、はっきり見えるようになって、兄弟の目からおが
屑を取り除くことができる。

あー。さっきよりは理解できる。でもすんなり頭に入ってこないところもある。思い浮かべにくい表現が多用されているからだ。自分の目に丸太って……。

ため息とともに本を閉じる。李奈はささやいた。「どうすればいいのかな……」

草間が告げてきた。「著名な作家への嫌がらせは、うちの会社でも頻繁にありますよ。いくつか裁判も経験しましたが、被害の実証となるとやっかいです。犯人が姿を見せず、こそこそと小石を投げるような真似を繰りかえすばかりなので、事件としても小さくとらえられがちになる。それでも大ダメージを受けていたりするのに」

優佳が草間にうったえた。「李奈が完全にまいっちゃう前に、なんとかならないんですか」

「そうですね」草間も弱りきった顔になった。「脅迫を受けてるのは明白なんだし、警察に相談すべきとしか……」

『週刊新潮』の寺島がいった。「私たちは取材をつづけますが、記事にするとなると慎重にならざるをえません。どうせ警察も同じでしょう。凶悪犯罪でないぶんだけ犯行の確認に手間取るし、本腰をいれにくいんです。それも鴇巣の狙いだと思います。対抗手段をとるよりは、要求に従ったほうが楽と印象づけたがってるんです」

「そんな」優佳が嘆いた。「言いなりになれっていうんですか」

「落ち着いてください」寺島が身を乗りだした。「杉浦さん。どうも妙に思えるんですがね。鴇巣の露骨な脅迫により、当面は杉浦さんも沈黙を守るかもしれませんが、ゆくゆくは警察沙汰《ざた》になります。脅迫者のくせに名を偽らず、正直に素性も明かしてるし、杉浦さんと直接顔を合わせてる。いったいどういうつもりなのか」

「……たしかにふしぎです。莫大《ばくだい》な負債を抱えてることも、当然あきらかになってしまうでしょうし」

「そうですよ。いずれ自分が追いこまれてしまう。わざとそのように仕向けているようでもあるし、そのわりにはなぜか堂々としてる」

優佳がまた横槍《よこやり》をいれた。「借金まみれで首も頭もまわらなくなってるんじゃないですか？　それより李奈がどうすればいいかでしょう」

寺島が冷静につづけた。「いずれ警察に相談するにせよ、嫌がらせの証拠を集めておかねばなりませんし、そのあいだは耐える以外にありません。そこで提案なんですがね。いったん鴇巣の要求を吞《の》むフリをして、聖書探しを始めれば、その過程で先方の狙いが見えてくるかも」

李奈は気落ちせざるをえなかった。「脅しに屈するわけですか……」

「あくまでそう思わせるだけです。嫌がらせが弱まれば御の字でしょう」

草間が腑《ふ》に落ちない顔になった。「私としてはあまり賛成できませんが……。やはり警察に通報するか、弁護士を頼るべきじゃないですか。杉浦さんが鴇巣社長に対し、電話やメールで引き受ける旨を伝えたら、不利になると思います。真っ当な契約成立とみなされるかも」

寺島は首を横に振った。「先方に受諾の意思を伝えず、ただ聖書探しと研究本執筆に取りかかることのみ、公にすればいいんです。杉浦さんは自発的にそうしたと発表します。鴇巣は報道を通じ、その事実を知るでしょう。マスコミ発表ならうちの媒体が力になれますよ」

李奈の心は沈んでいった。寺島は週刊誌のスクープネタを狙っている。李奈を餌に、鴇巣を泳がせることで、記事になりうるほどの一大事に発展させたがっている。理由は察しがつく。李奈も鴇巣もさほど有名ではないからだ。登場人物の知名度がいまいちな以上、事件そのもののスケールアップを望むしかない。聖書探しになにか裏があるのでは、寺島はおそらくそう睨《にら》んでいる。

落ちこまざるをえない反面、李奈も同じように感じていた。鴇巣の目的を知りたい。なぜ彼が李奈に嫌がらせを働いたうえ、ああまで強気でいられるのか、その理由も解き明かしたかった。

嫌がらせについて警察に通報したとしても、問題の根本的解決にはならないだろう。鴇巣の真意を見抜けば、そのときこそ悪行のいっさいを絶てるかもしれない。

寺島が李奈を見つめてきた。「どうですか、杉浦さん。『週刊新潮』と共同戦線を張りませんか？　人気作家になれば嫌がらせは日常茶飯事です。まずはこの第一関門を突破して、危機を撥《は》ねのけられるほど強くなってみては？」

応援するような口ぶりだが、内心面白がっているのは百も承知だ。それでもたしかに逃げまわってばかりはいられない。作品を世にだす以上、こういうことは今後も起こりうる。見知らぬ誰かから予期せぬ攻撃を受ける、そんな事態に耐えられないのであれば、そもそも小説などださなければいい。しかしそれでは自分の人生を否定するも同然だ。

「やってみます」李奈はため息とともにつぶやいた。「神様のご加護があればいいんですけど」

5

不安な数日を過ごした。李奈は阿佐谷のマンションの一室で、優佳とともにパソコンを観ていた。午後四時半、すでに窓の外は暗くなりつつある。買ってきた夕食をキッチンに置きっぱなしのまま、ふたりともネットニュースの記事を凝視しつづけた。

二十四歳女流作家、幻の聖書について研究本を執筆。見だしにはそうあった。杉浦李奈と書かれないのは、まだ有名人とみなされていないからだろう。代表作があれば、作家名の代わりにその題名が書かれるはずが、それすらない。氏名も代表作も浸透していない、そんな現状を思い知らされる。

そこまではやむをえないとしても、いまどき女流作家という言い方はどうなのだろう。なぜか二十四歳という年齢だけは、見だしの冒頭に掲げるほど強調してある。若い女というだけが売りなのか。小説家として歩む道は、まだ果てしなく遠いと痛感せざるをえない。

岩崎翔吾に関するノンフィクションや、数冊の小説を手がけたことにも、記事のなかでは触れられている。一八八〇年、明治元訳聖書とは別に丸善が出版した、幻の和訳新約聖書。その全容をあきらかにする研究本を書くと意気ごむ杉浦李奈さん（24）。かいつまんでいえばそれだけの記事でしかない。当時の聖書や情報をお持ちのかたはご連絡ください、そんなメッセージも付け加えてある。聖書研究は李奈が自発的に思いついたことだと、蛇足ぎみの主張で結んであった。第三者には意味不明だろう。

新潮社がプレスリリースを発表してから丸一日、ネット上のさまざまな媒体で、いちおう記事になった。いまモニターに映っているのはヤフーニュースだ。ただしトップページのトピックスに選ばれたわけではない。ふだんかしましいことで知られるヤフコメ欄も、コメントがありません、その表示があるのみだった。

李奈はため息をついた。「なんの意見も書かれないどころか、たぶん記事を読んでくれる人もほとんどいない」

優佳が笑った。「無理やり配信したニュースなんだから、注目度の低さは初めから承知のうえじゃん。でも鴇巣社長は絶対に気づいてるよ。〝丸善版新約聖書〟って毎日検索してるだろうしね。現に嫌がらせがやんでるし」

「強要されたとおり聖書の研究本をだすと発表しちゃった。こんなの脅しに屈したのとなにがちがうの?」

「ちがうよ。脅迫者の目にはしらじらしく映っても、世間からすれば、李奈が自分で書きたい本を書くと表明しただけでしょ。鴇巣社長に弱腰な態度を見せず、ただプロとして堂々と振る舞ってる。心までは負けてない」

「なんか意味があるのかな……」

「とにかく時間稼ぎにはなるよ。そのあいだに新潮社の寺島さんもいろいろ調べてくれる。アマゾンからも独自に調査するって回答があったんでしょ？　そのうち鴇巣社長の尻尾《しっぽ》をつかめるって」

「とはいっても動かずにいると、また嫌がらせが再開しそう」

「そう？」優佳が疑問のいろを浮かべた。「李奈が聖書探してるかどうかなんて、向こうにはわかりゃしないでしょ」

「それがどうも気味悪くて……。あの人、RENの脅迫内容まで知ってたんだよ？　なんだかやけにこっちの内情に詳しいの。サボってたらバレるかも」

「マジで？」優佳はわずかに憂いをのぞかせた。「でもそれならちゃんと動いてれば……。幸いにもネットニュースのおかげで、ぽつぽつ反応が来てるでしょ？　そこから調べ始めれば問題なし」

「めぼしいものは一件だけ」李奈はスマホを手にとった。

記事を見た人々から、新潮社経由で寄せられた情報は、たったの三件。うち二件は冷やかしも同然だった。ただし一件のみ、実際に丸善版聖書を読んだことがある、そう主張する電話があった。

草間によれば、その男性はかなり高齢だったらしい。いまもその聖書を持っているのか、過去に読んだだけなのか、どうにもはっきりしなかったという。難聴はあきらかで、意思の疎通にも苦労したようだ。ただし連絡先はききだせた。成兼勲《なりかねいさむ》、横浜市《よこはまし》青葉区《あおばく》在住。

電話番号はもう李奈のスマホに登録してあった。ケータイではなく固定電話の番号だった。それを画面に表示してみる。通話ボタンを押すべきかどうか迷う。李奈はつぶやいた。「幻の聖書探しの第一歩かぁ」

優佳が励ますようにいった。「本当に聖書を見つけられたら、後手から先手にまわって、流れを変えられるかもよ?」

ちがいないと李奈は思った。このままでは受け身のまま翻弄《ほんろう》されるばかりでしかない。向こうのほしがっている物を入手すれば、一転して優位に立てる可能性もある。

李奈は通話ボタンをタップした。音声をスピーカーに切り替え、優佳にもきけるようにする。静寂に呼びだし音が響き渡った。

しばらくまったが延々と呼びだし音が反復される。いっこうに応答する気配がない。

優佳が苦笑ぎみにぼやいた。「おじいさんだけにもう寝てるかも」

「まだ五時前なのに? さすがにそんな……」呼びだし音がやんだ。電話がつながった。李奈の胸は躍りだした。「もしもし。成兼さんのお宅でしょうか」

しばし沈黙があった。やがて高齢女性らしき声がぼそぼそと告げた。「主人はきょう亡くなりました。どちら様でしょうか？」

6

夜の横浜市青葉区、あざみ野南《のみなみ》の高級住宅街に、李奈と優佳は足を運んだ。九段下《くだんした》駅で乗り換え、半蔵門《はんぞうもん》線に乗りここまで来たが、日没直後のラッシュ時で混んでいた。へとへとになりながらも、静まりかえった住宅地の路地を歩いていった。

この辺りの図書施設といえば、あざみ野二丁目の山内《やまうち》図書館を利用したことがある。いまはそこから少し離れた二丁目の奥にいる。めざすのは町営会館の図書室だが、なんとも気が重い。幻の聖書について連絡してきた、成兼勲なる高齢男性の死亡現場だからだ。

坂道と擁壁の多い住宅街の路地の先、暗がりに赤い点滅が見えた。胸騒ぎとともに歩を速めると、角を折れた先にパトカー数台が縦列駐車していた。黄いろいテープの規制線が張られ、野次馬が集まっている。わきに大きな平屋建てがあった。タイル張りで床面積は百坪前後。民家ではなく公共施設だとわかる。これが町営会館だった。エントランスはブルーシートで覆われている。青い制服の鑑識課員がひっきりなしに出入りしていた。

ハーフコート姿の優佳がつぶやいた。「杉浦李奈行くところ死体あり……」

「やめてよ」李奈はぞっとするような寒さを感じ、コートの前を掻《か》き合わせた。たしかに事件や事故の現場ばかり目にしている。おかげでミステリを書くときの参考にはなっているものの、心は確実に削られる気がする。

人混みを縫うように抜けていき、規制線の手前まで達した。制服警官に声をかける。被害者の妻、成兼智子《ともこ》と電話で話した旨を伝える。杉浦李奈と名乗ると、優佳も那覇優佳と自己紹介した。彼女はこんなときもペンネームを口にする。通り名として誇っているらしい。本名の李奈にはよくわからなかった。

制服警官がスーツ姿の刑事を呼んだ。額の広い四十代ぐらいの男性が現れた。青葉署の鍋倉《なべくら》と名乗ったのち、規制線を持ちあげ、李奈と優佳を迎えいれてくれた。成兼智子から名をきいているようだ。

ブルーシートのなか、エントランスからつづく廊下で、鑑識課員らが簀《す》の子《こ》を取り払っていた。年配の青い制服が、うちの仕事は終わったし入ってもいいよ、鍋倉刑事にそういった。鑑識が作業を完了したのだろう。

蛍光灯が照らす廊下に鍋倉刑事がいざなう。李奈は優佳とともに廊下を進んだ。壁に並ぶドアには、集会室や会議室、学習室などのプレートが付いている。ゴミの分別表やコミュニティ施設使用料一覧、交番からのお知らせといった掲示物が目につく。

鍋倉刑事が歩きながらささやいた。「成兼勲さんが亡くなったのは、この奥の図書室です。お気の毒に、倒れてきた本棚の下敷きになりましてね。死因は圧死です」

優佳が驚きのいろを浮かべた。「本棚の……？」

「そうです」鍋倉刑事が突き当たりの引き戸の前で立ちどまった。「ご遺体はもう搬出されましたが、床の血痕《けっこん》はそのままでして……。ここには立ち入らなくても、会議室でおまちいただければ、智子さんをお連れしますが」

「お心遣いをどうも」李奈は引き戸を眺めた。「でも拝見できますか」

どうせ刑事のほうも、李奈と優佳に事情をきくつもりだろう。被害者と直接つながりがなくとも、ひととおり調べるのが捜査の鉄則だ。こちらも知るべきことを知っておきたい。

鍋倉刑事はあっさりと引き戸を開けた。「指紋の採取等は終わっていますが、なるべく物に触らないようにしてください」

李奈は図書室に足を踏みいれた。天井に埋めこまれたダウンライトが、かなりの広さのある室内を明るく照らしだしている。まだ青い制服がそこかしこで片付けに追われていた。

部屋はほぼ正方形で、一辺の長さは二十メートルぐらいか。壁の一面には出入口の引き戸、隣の一面は全面ガラス張りの窓になっている。残る二面は天井まで備え付けの書棚で、すべての段に本がびっしりと埋まっていた。これらの書棚は壁に密着しているようで、倒れようがないと考えられる。

問題は部屋の真んなかに立てられた書棚だった。幅は約十五メートル、高さは天井付近まで三メートルぐらいだろうか。木製の極めて重そうな書棚で、どこにも継ぎ目はなく、全体がそのサイズだった。

両面に本を収納できるようになっているが、書棚は部屋の奥側へと倒れたのち、ふたたび起こされたとわかる。そちら側にまわりこんでみると、全段が空っぽになっていた。すべての本が床じゅうに散らばっている。ほとんどが箱入りのハードカバーだった。警察が書棚を起こしたのだろうが、床に残る跡に対し、やや斜めにずれて立っていた。大勢の手で慎重に立たせたのか、裏側に収納された本は、ほとんど落ちずに済んでいた。

優佳は床を眺めると、両手を口にあて、絶句したように立ちすくんだ。書棚の幅のちょうど中央、下敷きになる位置のフローリングに、おびただしい量の血痕がこびりついていた。いちおうモップ掛けは終わったようだが、まだ近くに複数の番号札が置かれっぱなしだった。

李奈は空っぽの書棚を眺めた。そちらも数段にわたり血痕が見てとれる。おそらく被害者は書棚の前に立っていた。本を探していたか、手にとるところだったか、引き抜いた直後だったかもしれない。いきなり書棚が倒れてきた。巨大な壁一面が倒壊してきたも同然だ。成兼勲は逃げる暇もなく瞬時に押し潰《つぶ》されてしまった。

床に散らばる無数の本のうち一部が血にまみれていた。一部といってもかなり広範囲にわたる。それだけ凄絶《せいぜつ》な圧死だったことがうかがえる。

優佳が怯《おび》えた顔で床を見まわした。「人文系とか宗教系の本ばっかり……。小説はなさそう」

李奈は壁の一面を指さした。「あのあたりに大佛次郎《おさらぎじろう》や中島敦《なかじまあつし》の全集がある。有島《ありしま》武郎《たけお》も」

「あー。横浜にちなんだ作家とか？　大佛次郎は神奈川生まれだよね」

中島敦は横浜高等女学校で教鞭《きょうべん》をとっていた。有島武郎も四歳から横浜に住み、その経験をもとに『一房の葡萄』を書いた。ほかに獅子文六《ししぶんろく》や郷静子《ごうしずこ》の文学もある。どれも箱入りで、デザインは無地に近かった。新書や文庫は見あたらない。

四六判以上のサイズで分厚い本ばかり。書棚もいっそう重くなっていただろう。床を埋め尽くす本の題名を確認する。さまざまな宗教が入り交じっていた。『ユダヤ教入門』『ヒンドゥー教』『キリストの言葉』『新しい世界への祈り』『不動智神妙録』『日本の自然神』『釈迦《しゃか》』『イエスという男』『無教会論の軌跡』……。

優佳がいった。「『新約聖書』が落ちてる。TR日本語版だって」

わりと新しめの箱入りだった。血痕が濃く、付着する面積も広い。遺体のかなり近くにあったのだろう。もしかしたら手にとっていたのかもしれない。

李奈は本の近くにしゃがんだ。「TRの聖書は近年に至るまで、何度も復刻されてる。存在自体はめずらしくない」

「丸善版新約聖書は？　このなかにない？」

希望は持てなかった。李奈は首を横に振った。「当時は活版印刷の黎明期《れいめいき》だし、江戸時代の和装本に近い製本で、表紙も特に意匠を凝らしてないはず」

「あー、筆で書いたような文字だけの表紙のやつ？　表紙も厚紙じゃなくて、本文とそう変わらないペラペラの和紙の……。博物館でしか見たことないよね」

いま床を埋め尽くす本は、どれも現代的な製本だった。古い物でも戦後の刊行だろう。特に希少な本があるわけでもなさそうだ。

婦人の掠《かす》れた声がささやいた。「あのう」

李奈と優佳は揃って振りかえった。高齢の痩《や》せた婦人が立っている。白髪をきちんとまとめているが、顔はやつれきっていた。喪服ではないが黒っぽいセミアフタヌーンドレス姿だった。

鍋倉刑事が紹介した。「成兼智子さんです。智子さん、こちらが杉浦李奈さんと那覇優佳さん」

成兼智子は黙っておじぎをした。李奈も優佳とともに頭をさげた。互いに視線をあげたのちも沈黙がつづいた。どのように発言するべきかわからず迷う。

やむをえず李奈は小声で告げた。「このたびは……」

「突然でした」智子が声を震わせた。疲弊しきった目に涙が滲《にじ》みだす。ハンカチを持つ両手を握りしめ、智子がつぶやくようにいった。「昼過ぎにひとりで家をでて、それっきり……」

李奈は智子を気遣った。「お休みにならなくてだいじょうぶですか」

「主人は警察に引き取られてしまったので、お通夜の準備もできなくて」

鍋倉刑事が申しわけなさそうな顔になった。「検死はどうしても避けられませんので」

ミステリを書くための知識として、たいていの小説家が知っている。病死や自然死以外の場合、犯罪性の有無を確認するため、検死がおこなわれる。遺族は拒否できない。検死の結果がでて、死体検案書が発行されるまで、遺体は警察に預けられたままになる。そのあいだは死亡手続きや葬儀も実施できない。

李奈は恐縮とともにいった。「成兼勲さんから新潮社にお電話いただいたのは、きのうの夕方近くだったときいています。きょう勲さんがここに来られる前に、なにかおっしゃっていましたか」

「いえ」智子がうつむいた。「ここに来ること自体、わたしも知りませんでした。町営会館は休館中でしたから」

「休館中？」

鍋倉刑事が代わって発言した。「きょうは雨が降ってませんが、エントランスと廊下の雨漏りがひどく、業者が直しに来る予定だったそうです。ここ一週間はずっと施錠され、会議室などの予約もキャンセルされていました」

「誰もいなかったんですか？」

「雨漏り診断士や大工が下見に来たり、町内会の役員が整理や清掃に来たりはしていたようです。亡くなった勲さんも、以前に役員を務めていたとき、図書室の整頓《せいとん》を担当なさったそうで」

智子が視線を落としたままささやいた。「こちらの鍵《かぎ》を持っていました」

李奈は智子を見つめた。「勲さんが役員をお務めだったのは、以前の話ですよね？」

「はい。お預かりしていた鍵は、町内会におかえししました」

「でも鍵をお持ちだったんですか？」

「主人は合鍵を作りましたから」

「……なぜですか」

「なくしたら困るといって、預かったその日に合鍵を作り、本物は自室に保管しました」

「そのことは町内会に伝えてあったんでしょうか？」

「いえ。主人が独断でやったことなので」

鍋倉刑事の眉間《みけん》に皺《しわ》が寄った。「役員の任期が終わってからも、合鍵を破棄しなかったんですか」

智子は鍋倉を見かえさなかった。「主人はなにもいわなかったので、わたしもすっかり忘れていました」

「勲さんはたびたびこちらに出入りしていたんでしょうか。町内会にも無断で」

「無断だなんて……。みんな気心の知れた人たちばかりですよ。ただ町営会館の休みは、雨漏りが起きる前から多かったんです。会長さんが遠くに出張しがちでね。主人は本が好きだったし、ここもよく訪ねてて……」

李奈は問いかけた。「ならご主人はきょう、ここでひとりきりだったんでしょうか」

「そうだと思います」智子の茫然《ぼうぜん》とした顔が書棚に向けられた。「なぜあんな物が倒れてきたのか……」

妙な空気が漂う。鍋倉刑事が怪訝《けげん》な表情を浮かべている。李奈も同じくもやもやしたものを感じていた。被害者の成兼勲は不法侵入を働いたのだろうか。その件については妻の智子にも悪びれたようすはない。

靴音がきこえた。白髪頭を七三に分けた、小太りの男性が図書室に入ってきた。スーツにロングコートを羽織り、事務カバンを提げている。いかにも遠方から駆けつけたばかりという雰囲気だった。

高齢男性は愕然《がくぜん》としたようすで室内を見渡した。その目が智子にとまる。男性は憐《あわ》れみに満ちたまなざしになり、足ばやに智子に近づいた。

「奥様」男性が智子にいった。「たったいま帰りました。このたびはとんでもないことに……」

智子の目に大粒の涙が膨れあがった。「塚原《つかはら》さん。お忙しいところを……」

鍋倉刑事が反応した。「塚原有蔵《ゆうぞう》さん？　町内会長さんですよね。初めまして。青葉署の鍋倉です」

「ああ、どうも」塚原なる高齢男性が神妙におじぎをした。「経営コンサルタント業の取締役を務めておりまして、京都に出張しておりました。ご連絡を受け、急ぎ駆けつけた次第で」

「わざわざ申しわけありません」

「事故が起きたとか」塚原は床に目を落とすと、両手で頭を抱えた。「なんてことだ。本棚が倒れるとは。安全対策は怠らなかったのに」

すると鍋倉刑事が険しい面持ちになった。「たしかですか」

塚原が鍋倉にきいた。「なにか？」

「こちらへどうぞ」鍋倉刑事が書棚のほうへ歩きだした。

一行は鍋倉刑事につづいた。書棚の端にいざなわれる。斜めになった書棚から、わずかにずれた位置の床には、倒れる以前に底部のあった痕《あと》が見てとれる。そこだけフローリングが変色せず真新しい。その痕の縁を鍋倉が指さした。

「わかりますか」鍋倉刑事は前屈姿勢でいった。「書棚の底部から五本、L字に金具が突きだしていて、それぞれ六角ボルトでとめてありました。しかしすべて外れています。書棚の反対側の縁も同じ状況です」

いま五本のボルトは周辺の床に散らばっている。優佳がきいた。「重さに耐えかねて抜けちゃったんでしょうか？　ネジが馬鹿になってたとか」

「いえ」鍋倉が身体を起こした。「鑑識の調べでは、ネジの機構に問題は見当たらないそうです。故意にすべてのボルトが外されてたとしか思えないとか」

町内会長の塚原が血相を変えた。「そんなはずはない！　休業中に本の整頓はありましたが、棚自体を動かす予定なんてなかった。なにかのまちがいでしょう」

鍋倉刑事が塚原を見つめた。「町営会館の管理責任者はあなたですよね」

「もちろんそうですが……。合鍵は出入りする業者にも預けてありました。あのう、不本意ながら、成兼さんも無断で立ち入っていたと……」

智子が心外だといいたげに目を剝《む》いた。「夫が自分でボルトを外したとでもいうんですか」

「いえ、そういうわけでは……」塚原が口ごもった。「しかしなんとも説明のつかない事態で……」

　李奈は鍋倉刑事にたずねた。「スパナかレンチはありましたか」

「ありません。建物じゅう探したのですが見つかりませんでした」

「なら成兼さんご本人がボルトを外したわけではないでしょう」

「そうともかぎりません。書棚が倒れて、騒音とともに地響きがして、近所の人が驚いて通報。それが午後一時三十七分です。当初は町営会館が原因だとは、みな気づかなかったらしく、ここの出入りには誰も注目しませんでした。警察が駆けつけたのは二時過ぎ、町営会館のなかがたしかめられたのが二時十五分以降」

「あー。そのあいだに誰かが工具を持ち去った可能性もあるわけですか」

「エントランスは施錠されていて、成兼さんのポケットに合鍵が残っていました。しかしほかの誰かが外にでてから鍵をかけた可能性も捨てきれないのです。ここには防犯カメラもないですし」

　廊下を駆けてくる靴音がきこえる。開放された引き戸にスーツの男性が立ち尽くした。「なんてことだ……」

　サラリーマン風の三十代が青ざめた顔でたたずむ。眼鏡の奥で目を瞠《みは》っていた。智子がすがるように呼びかけた。「ああ。稲穂《いなほ》さん」

塚原町内会長も憔悴《しょうすい》の面持ちで、稲穂と呼ばれた男性に歩み寄った。「稲穂君。どういうことなんだ。きのうまでここに出入りしたのは、きみひとりだろ」

その言いぐさには、どこか稲穂ひとりに責任を押しつけようとする、塚原の腹黒さがのぞいていた。稲穂は敏感に察したらしく、取り乱す反応をしめした。「なんですか。いわれたとおり本の整頓をしただけですよ」

鍋倉刑事が割って入った。「どうか落ち着いて。あなたは、ええと、稲穂庄一《しょういち》さん？　近所のかたにうかがいました。町内会の役員をお務めだとか」

「ええ。住民なら誰でも順番がめぐってきますからね」稲穂は極度に表情をこわばらせていた。「ふだんは会社員です」

「ここ数日、ひとりで町営会館に出入りしてたそうですね」

「町営会館の休業中に、本の並べ替えをおこなうよう、会長さんから頼まれてたので……。ほんとは会長さんと一緒におこなうはずが、一週間も出張なさるとかで、僕ひとりの作業になったんです。管理責任者による巡回も安全確認も、当然なされていなかったわけで」

責任の押しつけ合いが始まった。塚原会長があわてぎみに声を張った。「出張の予定はだいぶ前から伝えてあったじゃないか。設備の安全確認はきみがすべきだった」

「大忙しでそれどころではありませんでしたよ。一週間で本の並べ替えを終えなきゃならないなんて、事前にはきいてなかったですし」

「メールでやってくれと頼んだら、きみは断らなかったじゃないか」

「断れない空気がふだんからあったんです。なんというか、会長さんには逆らえないというか、役員の務めを果たさないとゴミ捨て場も使わせてもらえないとか……」

鍋倉刑事が稲穂に問いかけた。「パワハラですか」

稲穂は口ごもったものの、けっして否定はしなかった。「世間ではそういう言い方も……」

「おい！」塚原会長が憤りのいろを浮かべた。「私を陥れようとする気か。名誉毀損《めいよきそん》にあたるぞ」

智子の泣き腫《は》らした目がふいに尖《とが》りだした。「そのおっしゃり方は問題じゃありませんか？　それこそパワハラじゃないですか」

「いや、奥様」塚原は一転たじたじとなった。「そんなつもりは……」

「区議会議員に立候補なさりたいのはわかりますけど、町内会の役員に仕事を押しつけて出張しがちなのは、以前からどうかと思っていました。防災訓練や清掃活動も多かったし、わたしの夫を祭《まつり》の実行委員に任命なさいましたよね？　事情もきかず、か旦那様《だんな》は町内会の活動にも熱心でしたし」

「積極的にお引き受けいただいたと思いますが？

なり一方的に」

「とんでもない。夫には持病があって通院が欠かせなかったんです。住民のスケジュールを考慮しない反面、ご自身の出張は優先なさる。身勝手じゃありませんか」

ふだんから耐えてきた不満が、ここにきて爆発したようだ。だが李奈は住民どうしのいざこざに、ただ困惑するばかりだった。丸善版新約聖書を探さねばならないのに、このトラブルに巻きこまれている場合ではない。

李奈はいった。「すみません。本の並べ替えがあったそうですが、なにをどんなふうに整頓《せいとん》し直したんですか」

住民たちの口論が中断した。稲穂が弱りきった表情でいった。「宗教別に題名の五十音順で並んでいたのを、著者の五十音順に変えるとおっしゃったんです。ここ何日かは、ほとんど徹夜の作業でした」

塚原会長が弁明した。「図書室の利便性を高めるためだよ。書店で著者名順の棚を見て、そのほうが活用しやすいと思って」

優佳が腑《ふ》に落ちない顔になった。「文芸はそうかもしれないですけど、人文系や宗教系は……。分野ごとに分かれてたほうがよくないですか」

「もちろん分野ごとです。各宗教や研究テーマごとに、数冊から十数冊ていどの分類だった。ただしそれぞれの分類のなかで、題名順よりは著者名順に並んでいるべきだと考えたんですよ。同一の研究者の本がまとめて見つかりやすくなるし」

「なんでそんな細かいことにこだわるんですか？　こういっちゃなんですけど、あまり利用者もいそうにない図書室なのに」

塚原がむっとした。「利用者を増やすためにも、小さなことからコツコツと積みあげていく必要があるんです。改善のひとつひとつが誇れる実績になる」

智子が醒《さ》めた口調で指摘した。「議員立候補の前段階として、町内会長としてこれだけ頑張りましたと箇条書きにするためですよね？　ゴミの分別も細かすぎて、みんな音をあげる寸前でしたのよ」

住民たちはまた言い争いだした。鍋倉刑事がうんざりしたようすで閉口した。李奈も同感だった。書棚の外れたボルトこそ問題なのに、論点がずれたままいっこうに戻らない。

けれども李奈はこんな状況にすっかり慣れていた。血痕《けっこん》を見てもさほど動揺せず、冷静に頭が働く。喜ばしいことかどうかはわからない。それでも真実にはとっくに気づいていた。小説でいえば短編どころか、ショートショート並みの謎解きだと李奈は思った。

李奈は声を張った。「稲穂さん。並べ替えをサボりましたよね？　なにもしていなかったのをごまかすために棚を倒したんでしょう」

沈黙がひろがった。張り詰めた空気が漂う。誰もが驚愕《きょうがく》のまなざしを李奈に向けてきた。

「な」稲穂がひきつった笑いを浮かべた。「なにをおっしゃるんです。さっきからうかがいたかったんですが、あなたはいったい誰ですか？　住民じゃないですよね」

塚原会長が真顔になった。「稲穂君。サボったというのは本当か？　並べ替えが無事終わったと、おととい私に報告をくれたじゃないか」

「はい、ええと、そのとおりです。僕はきちんと作業を終えましたよ。言いがかりです」

李奈は首を横に振った。「単に面倒だったのか、一週間じゃ無理と思ったのかは知りませんが、会長さんが出張から戻られる前に作業の完了を報告、棚を倒してごまかそうとしたんです」

「馬鹿いわないでください！」稲穂が声を荒らげた。「なんで僕が成兼さんを死なせなきゃならないんですか」

「ボルトは前日までに外されましたよね？　廊下から引き戸をまっすぐ入ってきて、正面の棚を奥へ押し倒しただけです。エントランスは施錠されていたし、図書室には誰もいないと思ってたんでしょう。原因は不明でも事故は管理責任者、会長さんの過失になるだけです」

「なにを根拠にそんなことを……」

「書棚が斜めに傾いた時点で、蔵書はぼろぼろと落ちます。本はそれぞれの順番など曖昧《あいまい》になって散らばる。実際どの本も題名や著者名に関係なく交ざりあっています。でもそこを見てください。血痕がはっきり付着した周辺の床を」

鍋倉刑事が不審な面持ちで歩いていった。「なんですか？」

「最も血痕の濃い箇所に、ドミノ倒しのように折り重なりつつ、四冊の本が並んでいます。右から『アヴェスタ』『宗祖ゾロアスター』『ズルヴァーン主義研究』『ゾロアスター教論』。これらはゾロアスター教の本で、しかも題名の五十音順です。書棚には左から順に並んでいたのが、そのまま床に落ちたからです」

「あー」優佳がそのあたりの床を見下ろした。「こっちもそうなってる。右から『お経で読む仏教』『カルマと仏教』『三蔵法師の旅路』『浄土真宗』『ブッダの言葉』……。

題名の五十音順。どれも血痕が濃いよね」

鍋倉刑事が妙な顔になった。「どういうことですか」

李奈は応じた。「書棚が倒れたとき、成兼さんがすぐ近くに立っていたんです。本がばらばらに落ちるなか、成兼さんの身体にぶつかった部分の本は、書棚が倒れきるまで支えられた。警察が書棚をどかし、ご遺体を搬出したのちも、ほぼその並びのまま残ったんです」

塚原会長が愕然《がくぜん》とした。「向こう側に成兼さんがいるとは知らず、書棚を押し倒したからか」

智子が衝撃を受けたようすで後ずさった。「稲穂さん……。あなた、そんなことを……」

稲穂は顔面を紅潮させ、激しくうろたえだした。「濡《ぬ》れ衣《ぎぬ》だ！　なんだよ、何冊かの並び順だなんて。俺はちゃんと著者順に並べ替えたんだ！　なのにどうしてそんな話……」

李奈は動じなかった。ただの売れない小説家だったはずなのに、往生際の悪い容疑者と向き合うのも、すっかり馴染《なじ》みの状況になった。淡々と李奈は告げた。「ここの作業を仰せつかった以上、自分の指紋がついていても、なんの問題もないと思ってますよね？　でも書棚を倒すほど力を加えたのなら、踏ん張った床に不自然な靴底の跡がつきます。推理小説でお馴染みの話ですが、鑑識の静電気微物採取機で検出されますよ」

鍋倉刑事がうなずいた。「分析はこれからですが、書棚周辺の靴跡はすべて採取されました。極端に濃い靴跡もいくつかあったときいています。誰の靴跡か照合しないと」

室内が冷ややかな雰囲気に包まれた。一同の射るような視線が稲穂に突き刺さる。稲穂は狼狽《ろうばい》をあらわにし、いきなり引き戸へと駆けだした。

ほかの私服刑事らが走り寄ってきて、稲穂の逃走経路を塞《ふさ》いだ。なおも稲穂は突進し、刑事に体当たりを食らわせようとしたが、ほかの制服警官たちも集まってくる。図書室はにわかに騒然となり、喧噪《けんそう》がひろがった。引き倒された稲穂に大勢の警官らが折り重なっていく。

「放せ！」稲穂の怒鳴り声が響き渡った。「糞《くそ》会長が威張り散らすからだ！　俺も被害者だ！」

塚原町内会長が顔面蒼白《そうはく》でたたずんでいる。しかしもっと憂慮すべきは智子だった。高齢の婦人は白目を剝《む》き、後方へと倒れていった。優佳と鍋倉刑事があわてたようすで支える。李奈もそこに加わった。

突然の卒倒なら、数日前に李奈も経験したばかりだ。だからこそ心が痛んだ。喩《たと》えようのない孤独感が、目が覚めたのちに襲ってくる。友達に寄り添われた李奈はまだいい。智子の意識が戻っても、彼女はひとりきりだ。

7

稲穂庄一は逮捕されたが、鍋倉刑事の計らいにより、李奈たちはマスコミの取材攻勢を避けられた。数日を経て地域の騒動が収まると、成兼智子は入院先の病院から自宅に戻った。意識はとっくに戻っていて、精神安定剤の服用もあり、いまではそれなりに落ち着いている。亡き夫の葬儀も滞りなく終わった。

晴れた日の昼下がり、李奈は優佳とともに成兼家を訪ねた。鍋倉刑事が智子の話をきくにあたり、一緒にどうですかと連絡してきたからだ。智子が李奈に礼をいいたがっている、そうも伝えられた。李奈も焼香は済ませていたが、もういちど見舞いに行くことに異存はなかった。

きちんと片付いた寝室で、智子はベッドに横たわっていた。往診の医師は、しばらく休んだら家事を再開していいですから、そういって立ち去った。智子の顔は疲れきっているものの、少しずつ回復しつつあるらしい。血色は悪くなかった。

ベッドで半身を起こす智子を、李奈や優佳、鍋倉刑事が囲んだ。ほっとしながら李奈は話しかけた。「お元気そうでなによりです。どうかお力落としのないよう……」

智子は小さくうなずいた。薬のせいか表情が曖昧だった。「主人とわたしのためにご尽力いただき、本当に感謝してもしきれません」

「そんなことは……」李奈は深い罪悪感にとらわれた。「わたしのせいです」

「なにをおっしゃるの？」智子が気遣わしい表情になった。

心労をかけるのは本意ではない。けれども李奈はどうしてもいわざるをえなかった。「わたしが丸善版聖書について情報を募らなければ……」

優佳が否定してきた。「それはちがうよ。李奈」

鍋倉刑事も穏やかにいった。「稲穂による過失です。ほかに原因はありません」

智子が同意をしめした。「そうですよ。杉浦さんに責任なんてありません。主人も無断で図書室に入るべきではなかった」

「でも」李奈はささやいた。「ご主人はおそらく聖書について調べようと、図書室を訪ねられたんでしょう」

「それはたしかにそうでしょうけど……。丸善版新約聖書でしたっけ、主人がそれを見たというのは、何年も前のことなんです。記憶がふたしかなので、ほかの新約聖書も読んでおき、杉浦さんへの説明に足る知識を得たかったんでしょう」

優佳が智子にきいた。「ご主人は李奈になにを伝えたかったと思いますか？」

「いえ。特には……」意外にも智子は苦笑に似た微笑を浮かべた。「夫は杉浦さんと会って話せることを楽しみにしてたのだと思います。二十四歳と書いてありましたし、夫のガールズバー通いを禁じたのはわたしですので」

思わず言葉に詰まる。李奈は戸惑いとともにたずねた。「ご主人は、そのう、女性との会話がお好きで……？」

「ええ、そりゃもう。でも年金をそんなことに使うなと、わたしが怒りましてね。知識自慢の趣味もありましたから、杉浦さんに高説を垂れたかったのだと思いますよ。丸善版聖書を見たことがあるという経験をもって」

鍋倉刑事が当惑顔になった。「失礼ですが、智子さんはご主人と、とても仲のよいご夫婦であられたと近所の住民が……」

智子はより自然な笑みに転じた。「もちろんです。でもこうして主人のことを話すうち、心が楽になってきました。亡き夫を偲《しの》ぶのもいいですが、やはり生前のまま、忌憚《きたん》なく語れると落ち着くものですね。欠点というほどではないですけど、若い女性が好きなのは、いつまでも変わらなくて。浮気までは許しませんでしたが」

優佳がぽかんと口を開けた。「ならご主人は、二十四歳女流作家の杉浦李奈と話したくて、新潮社にご連絡を……。恐縮ですが、本当に丸善版聖書をご覧になったことが……？」

李奈は咎《とが》めた。「優佳」

すると智子は控えめながら笑い声をあげた。「いいんですのよ。疑問に思われて当然です。ただ丸善版聖書なるものについては、以前にも主人が言及しておりました。何年ぐらい前だったかしら。持っている人とピノチオで会ったと」

「ピノチオ？」李奈は面食らった。

「そうです。ピノチオといってました」

「そういう場所ですか？　お店だとか」

「ええ。そんな口ぶりでした」

井伏鱒二《いぶせますじ》を中心とした文豪たちが、たまり場として集まっていた中華料理店、それがピノチオだった。太宰治《おさむ》や三好達治《みよしたつじ》、青柳瑞穂《あおやぎみずほ》、安成二郎《やすなりじろう》、尾崎一雄《おざきかずお》らが酒を酌み交わし、将棋を指しながら文学を語りあったとされる。現存しないのはあきらかだった。ピノチオがあった場所は阿佐ヶ谷駅北口付近、いま西友が建っている辺りといわれる。阿佐谷に住む李奈だが、跡地の記念碑ひとつ目にしたことがなかった。

同名の店がどこかにあるのだろうか。李奈は智子を見つめた。「そのピノチオという場所に、ご主人はしばしば行かれてたんでしょうか」

「いえ。耳にしたのはそのときいちどきりでした。ピノキオではないの？　とわたしはきいたんです。それで記憶に残っていました。主人によれば、むかしはピノキオをピノチオとした本が多かったとか」

「そのとおりです。ピノは松という意味のイタリア語で、綴《つづ》りを英語式に読むとピノチオになります」

村山籌子《むらやまかずこ》が昭和七年、雑誌『婦人之友』で翻訳版を連載したとき、初めて『ピノッキオの冒険』と表記された。村山は山崎功《やまざきいさお》からイタリア語の指導を受けていたこともあり、正確を期したと考えられる。事実として訳者註《やくしゃちゅう》にも〝日本では今迄《まで》ピノチオとなつてゐるが、これは誤りである。伊太利《イタリア》語では、ピノツキオと発音する〟とある。

智子がいった。「主人は昼間でかけて、好き放題に散歩することが多くて、どこへ行っていたのかはさっぱり……。交友関係の広さを自慢してましたけど、本当はどれだけ相手にされてたのか」

「ピノチオという場所で、どんな人が丸善版聖書を持っていたか、ご主人は話されましたか」

「いいえ。わたしも関心がなかったので、ごめんなさいね。書店と同じ名前の丸善だとか、ピノキオならぬピノチオだとか、そのあたりが印象に残ってたから、わたしもかろうじておぼえてたぐらいで……。純文学と歴史小説が好きな人だったとか」

「わかってるのはそれだけでしょうか」

「ええと、丸善版聖書を持ってた人の家に招かれて、ついていったって話はききました」

「持ち主の家を訪ねたんですか」

「でも玄関の庇《ひさし》の下に大きな蜂の巣があって、怖くて逃げ帰ってきたとか……。きいたのはそれだけです。嘘か冗談かもわからないし、ほかで体験したことと交ざってるかもしれないので、いつも話半分できくばかりでした。特に重要な内容でもないと思ってましたし」

高齢夫婦の会話とはそんなものかもしれない。妻との他愛のないお喋《しゃべ》りのついでに、夫が触れた話題にすぎなかったのだろう。

話が本当だとすれば、成兼勲は知り合いになった誰かから、丸善版聖書を見せられた。家に招かれたものの、あがることなく帰ってきた。それがすべてになる。

成兼勲がどのていど丸善版聖書を読んだのかはわからない。〝二十四歳の女流作家〟が丸善版聖書の情報を求めていると知ったが、当該の本をただ見かけたというだけでは、いささか心許《こころもと》ない。だから町営会館の図書室で、聖書に関する知識を補足しようとしたのかもしれない。

李奈は困惑とともにきいた。「その持ち主を捜す方法はありませんか」

智子が申しわけなさそうな顔になった。「主人の飲み友達なら、何人か近所にいますけど、ほかとつながりがあるという話はきかないですし……。とにかく主人は、見知らぬ人と意気投合して、その後は連絡先をきかず別れるのがふつうで」

優佳が唸《うな》った。「でもご主人は、聖書の持ち主の家まで行ったんですよね？」

「そういってましたけど……」智子は首を横に振った。「それ以外にはなにもわかりません。スマホを持たない人でしたし、写真ひとつ遺《のこ》してませんし、メモを書き留める習慣もなかったので」

これではなにもわからない。鍋倉刑事がやんわりと事実関係を問いただす。智子は疲れをのぞかせながらも、同じことを繰りかえした。ほかにはなにもきいていません。ピノチオがどこなのか、持ち主が誰なのか、皆目見当もつきません。

李奈はそのあいだに、手もとでそっとスマホを操作した。ピノチオで検索してみる。かつて井伏鱒二らの通っていた中華料理店。それ以外にはいくつかの企業名が該当するのみだった。鉄道模型メーカーや高級子供服のブランドはいずれも現存していない。ほかには幼児向け玩具《がんぐ》のブランド名。主力商品はアンパンマン。どれも聖書の持ち主とつながりは感じられない。

優佳が李奈の肩越しにスマホをのぞきこんできた。「どう？　なにかわかりそう？」

「全然」李奈はため息を漏らした。ひとつの事件が早々に解決したのに袋小路《ふくろこうじ》。こんなことは初めてだ。

8

本業の小説執筆も進めなければならないが、李奈はなかなか気持ちを切り替えられなかった。脅迫を受けたうえで、人の死にまで遭遇したのでは、心穏やかに過ごせるはずもない。

新居のマンションも住所が漏洩《ろうえい》したため、たびたび読者が訪ねてきたりする。鳴かず飛ばずだったころよりは、ありがたいと思うべきだろうか。いや、そういう問題ではない。

あれ以来、丸善版聖書に関する新たな情報は、新潮社に寄せられていなかった。ただひとり、くだんの聖書を見たという人物が、不幸にも亡くなってしまった。李奈にとっても不運にちがいない。ピノチオという店もしくは場所についてもさっぱりだった。

KADOKAWAや講談社の編集者には、脅迫を受けていること自体伏せてあった。新潮社からも同業他社に連絡しないよう頼んでおいた。仕事を失いたくないからだ。いま頼りにできるのは新潮社だけだった。編集者の草間が同社の営業部を通じ、丸善に働きかけてくれた。おかげで社史に詳しい社員を紹介してもらえる手筈《てはず》になった。

指定の待ち合わせ場所は丸善、丸《まる》の内《うち》本店だった。Mマークの掲げられたエントランスを入ってすぐ、李奈と優佳は広々とした書籍売り場の一角で、約束の人物と面会した。なんと驚いたことに、初老のスーツは丸善雄松堂株式会社の重役だった。交換した名刺に専務取締役、猪畑照影《いのばたてるよし》とある。

新刊コーナーの前で立ち話するのも恐縮に思えた。李奈はうわずった声で提案した。

「あ、あの、最寄りの喫茶店かどこかでお話をうかがえればと……」

「いえ」猪畑はにこやかに笑った。「きょうはここの店長に挨拶《あいさつ》がてら、少し時間を作っただけなので。明治時代の聖書のことですよね？　新潮社さんのプレスリリースを見て驚きましたよ」

優佳がきいた。「ご存じだったんですか」

「そりゃうちの社名は、営業部署が絶えず検索していますからね。しかし私も丸善では最古参組になりますが、創業当初となるとはるかむかしで、外部に知られている情報とさして変わらないと思いますよ」

時間は無駄にできない。李奈は猪畑を見つめた。「創業は明治二年ですよね？」

「そうです。当初は丸屋商社といって、洋書や輸入雑貨を取り扱ってました。丸善の名は創業者の丸屋善七《まるやぜんしち》にちなんだものです」

「出版も創業の直後から始められたとか」

「ええ。売れ線と考えられる流行《はや》りのテーマで、いまでいう実用書の類《たぐ》いです」

「丸屋商社の系列店だけで販売してたんですか？」

「さまざまだったといわれます。ほかの書店との合同出版があったり、販売だけを請け負う本もあったりでね。新約聖書は全国のプロテスタント教会に卸され、そこでかなり安く販売されました」

「というと売り上げの利益は度外視で、キリスト教団体か宣教師からお金がでていたとか……？」

「たぶんそうでしょう。布教のため出版依頼があったのを、当時の弊社が受けたのだと思います。限定五百部と最初からきまってたそうですから」

「社内に残ってたりはしないですよね？」

猪畑は首を横に振った。「あいにくですが……。ただ社長室の額縁に入った写真に、表紙だけはありましたよ。その写真を撮影してきました」

スマホがとりだされた。猪畑は老眼鏡をかけると、スマホの画面をタップし、何度かスワイプした。

画面が李奈に向けられる。退色し青みがかった写真を、スマホカメラで撮った静止画だ。並んだ古書は、どれも単色でデザイン性のない表紙だった。題名のみを縦書きにした短冊状の題簽《だいせん》が貼りつけてある。うち一冊に『丸善篇製新約聖書』とあった。以前にネットの検索で、ヘボン版の明治元訳聖書の画像を見たが、丸善版の装丁はそれよりずっとシンプルだった。

李奈は猪畑にたずねた。「写真自体はいつ撮られたんでしょうか」

「昭和五十年代ぐらいでしょう。私の入社当初から社長室に飾ってありました」

「でも実物は失われたわけですか」

「何度か社屋が建て直されるなか、どこかの時点で紛失したようです」

「現存するとすれば教会でしょうか」

「あまり期待できんでしょうね。ヘボンの明治元訳聖書が重宝され、ほとんど用いられなかったとききますから」

決定版が登場した以上、併用されることはありえなかっただろう。クリスチャンが聖書を丸暗記するにあたり、複数の翻訳があれば混乱を生じるからだ。

それでも気になることがある。李奈は疑問を口にした。「もともと明治五年に横浜宣教師会議が開かれ、ヘボンが訳したルカ伝について意見を交わしたそうです。その後は順次ロマ書にヘブル書、マタイ伝、マルコ伝、ヨハネ伝と、新約聖書の内容が訳されていったとか。なのにどうして丸善さんは別バージョンの翻訳を、明治十三年になって出版したんでしょうか」

「さあ。宣教師の団体にも別の派閥があったのかもしれませんね。なんにせよ明治十三年、弊社がこれを刊行したのと同年、運悪く明治元訳聖書が完成してしまいました。そっちは新約聖書につづき、七年後には旧約聖書も発売しましたが、弊社版は新約聖書のみで終わりです」

「残念な結果だったんですね」

「ヘボン訳のほうは完成を記念し、新栄《しんさかえ》教会で大々的に祝賀会を開いたそうでね。いわば正式にオフィシャル本だったわけです。そんなところも弊社版の衰退につながったんでしょう」

「でも教会は聖書を捨てたりはしないですよね？　保管して受け継いでるところもあるんじゃないでしょうか」

「どうですかね。戦争もあったわけだし。新潮社さんのほうで情報を募集してるようですけど、そっちで収穫は？」

「あまり芳しくなくて……」

「詳しく知りたいのなら、柚月《ゆづき》教会の矢野《やの》牧師にたずねたらどうですか」

「柚月教会？」

「文京《ぶんきょう》区にあるプロテスタント教会です。矢野牧師はうちの先代の社長と知り合いでしてね。催事でお会いしたとき、弊社版聖書についても、わりと詳しく言及しておられたような」

「では柚月教会に丸善版聖書が残っていることも期待できそうですか」

「それはちょっと難しいでしょうな。あくまで知っているというだけだと思います。

もし矢野牧師に取材なさるのでしたら、こちらから連絡しておきますよ」

「ぜひお願いできますか」

優佳がダメもとという口調で猪畑にきいた。「ピノチオとかご存じないですよね？」

「ピノチオ？」猪畑は眉《まゆ》をひそめた。「さてね。きいたおぼえはありません」

李奈はすがるような思いで問いかけた。「表紙以外に本文の一部だけでも、写真かコピーが残っていませんか？」

「弊社に残るのはこの写真のみです」

「……そうですか」

「よければ社長室の写真を、もうちょっと綺麗《きれい》に複写し、画像をお送りしましょう」

「ありがとうございます。さっきお渡しした名刺に、メールアドレスが載ってますので……」

「わかりました。送信しておきますよ」猪畑はさばさばした態度に転じた。「しかし変わってますね。絶版になった聖書に関する研究本なんて、どれぐらいニーズが見こめるんですか」

「そこは新潮社さんも推してくださってるので……」

「ほう。うちのほうでもあるていど卸せるといいですな。では浜松町《はままっちょう》の本社に戻りますので」

「お忙しいところをわざわざ……」

李奈と優佳は深々と頭をさげた。猪畑もおじぎをかえし、正面のエントランスから立ち去った。

身体を起こした優佳が、やれやれという口調でつぶやいた。「丸善本社にも在庫なし」

「在庫って」李奈は思わず苦笑した。「最初から期待薄ではあったけど」

「どうする？」優佳はエントランスに歩きだした。「また新たに情報が寄せられるのをまつしかないよね」

李奈も優佳に歩調を合わせた。「まつ以外にないのなら、本業のほうも進めておかないと……。ここの新刊コーナーからも『マチベの試金石』が姿を消してるし」

「もう？　少し前には平積みになってたのに、本屋さんもあきらめるの早いね」

「売れない本をいつまでも置いとけないのは当然だから……」

「簡易装丁本《プルーフ》を先行配布して、書店員さんの評判も上々だったはずなのに」

「読んでもらえたなら好感触が得られることもあるだろうけど、なにしろ世間の注目度が低くて」

「もっと宣伝してくれりゃいいのに。KADOKAWAはケチだよね。わたしたちが少しばかり稼いでも、どうせ所沢《ところざわ》のサクラタウンの修繕費に消えちゃうんでしょ」

「そんなタワマンみたいなこと……」

「同じだってハコモノは。タイル一枚でもかなり高いよ？　紙の本なんて何百冊売れば割に合うんだろ」

　ふたりでエントランスの自動ドアをでて、丸の内オアゾの吹き抜けを進んでいった。東京駅の丸の内北口方面へとでた。柔らかい陽射しの下、幅の広い歩道に大勢の人々が行き交っている。

　李奈は優佳とともに交差点に近づいた。歩行者用信号は赤だった。駅方面へ渡るべく横断歩道の手前に立ちどまる。李奈はたずねた。「優佳のほうは？　仕事どこまで進んでる？」

「集英社文庫でだす次回作が脱稿寸前」

「マジで？　いいなぁ。わたしは何章か書いただけ。方向性もちょっと迷ってる」

「角川文庫でしょ？　担当の菊池さんに意見をきいてみたら？」

「途中で読んでもらうのはなんだか憂鬱《ゆううつ》……」

李奈は言葉を切った。なぜか黒スーツ姿の女性が近づいてきたからだ。年齢は三十前後だろうか。長い黒髪に痩身《そうしん》、細面に吊《つ》りあがった目、やや濃いめのメイク。都心のショップで働く店員のように、どこか引き締まった雰囲気を漂わせる。

女性が話しかけてきた。「杉浦李奈さん?」

「はい?」李奈は驚きとともに応じた。

「こちらにおいで願えませんか」

ふと気づくと、歩道上に黒スーツの男たちが、ぞろぞろと群れている。美容師もしくはエグザイル風の集団という印象だった。李奈は不安にとらわれた。

優佳が怯《おび》えたようすですくみあがった。「ちょ……。この人たちなに?」

「わかんない」李奈はささやいた。「逆らわないほうが……」

黒スーツの集団はさりげなく周りをブロックし、李奈と優佳を一方向へといざなう。ほとんど連行されるも同然にさまよい歩くうち、行く手に年配の男が立っていた。その男のスーツだけは灰いろで、ほかより上質な光沢を放っている。

年配の男の顔を見た瞬間、李奈はぎょっとして立ち尽くした。前にも喫茶室ルノアールで会った。鴇巣と一緒にいた顎髭《あごひげ》の男だった。

9

黒スーツはあまり人目を引かないよう、無言の圧のみをもって李奈と優佳を誘導してくる。顎髭を先頭にし、近くのビルのエントランスを入る。商業施設ではなく、オフィス専用のインテリジェントビルのようだ。薄暗いホールを進み、エレベーターに乗った。李奈は優佳とともに黒スーツの群れに囲まれ、ただ小さくなるしかなかった。

エレベーターがどこかの階に着いた。窓のない廊下を歩き、ひとつのドアを抜ける。社長室のようなエグゼクティブデスクはモダン仕様だった。秘書らしき女性が頭をさげる。つづきになっている隣の部屋は応接間で、大きな円形のガラステーブルを、いくつものソファが囲んでいた。

顎髭がいった。「そこに座ってくれないか」

李奈はいつしか優佳と手をとりあっていた。互いの手が尋常でないほど震えている。しばし立ち尽くしていたものの、部屋を埋め尽くす黒スーツの集団に気圧《けお》され、ふたり揃ってソファに腰かけた。

最初に路上で会った女性が仏頂面でささやいた。「そんなに怖がらないで。なにか飲む?」

「いえ……」李奈は首を横に振った。優佳も同じ素振りをしている。

歩み寄ってきた顎髭が、ガラステーブルの上に名刺を置いた。李奈は臆《おく》しながらも身を乗りだし、そっと名刺を手にとった。株式会社家来樹《カラージュ》取締役、樋爪諒太《といづめりょうた》とある。顎髭の男、樋爪が近くに立ち、無表情に李奈を見下ろした。「ルノアールでは自己紹介をしそびれた」

「ど、どうも」李奈は優佳を紹介しようとした。「こちらは……」

「那覇優佳だろ。本名は森口優花《もりぐちゆうか》。一緒にいることが多いな」

優佳が動揺をあらわにした。「なんでそんなことまでご存じなんですか」

樋爪は近くのソファに腰を下ろした。「俺たちはいろいろ知ってる。杉浦李奈を尊敬してるよ。小説家協会の放火集団殺人を解決に導いたのはあんただろ。南品川《みなみしながわ》の『桃太郎』殺人事件も」

李奈の関与は世間に報じられていない。事実を知るのは、つきあいのある出版各社の人々と、事件の捜査関係者にかぎられる。李奈の脈拍はいっそう速くなった。「わたしは樋爪さんのことをなにも知りませんけど……」

「それは当然だろ。いちど会ったきりだ」

「鴇巣社長とはどんなご関係なんですか。株式会社エルネストの人じゃないってことですよね？」

「あっちにくらべれば、うちはちっぽけな会社だよ。取引があるとだけいっておこう」

震えるばかりでは貴重な情報収集の機会を失ってしまう。李奈は勇気を振り絞ってきいた。「エルネスト社の経営状況は承知のうえですか」

「面白いことをきく」樋爪は澄まし顔のままだった。「鴇巣社長はたしかに火の車だが、うちも慈善事業をやってるわけじゃないんだ」

「丸善版新約聖書に古書としての価値があるとは、全然きこえてきませんが」

樋爪はとぼけたようにいった。「神に祈りを捧《ささ》げて救済を求めるつもりかもな。それで現状はどうなんだ？　ブツは入手できそうか」

物騒な物言いにまた臆病風《おくびょうかぜ》に吹かれそうになる。李奈は震える声でたずねかえした。

「ブツっていうのは丸善版聖書のことですか」

「当然だろ」

「丸善本社にはないと確認できたところです」

「社長室に写真が飾ってあるだけなんだろ。それぐらい俺たちでも知ってる」

優佳がこわばった面持ちで抗議した。「そんなに物知りなら自分たちで探せばいいのに……」

樋爪が優佳を睨《にら》みつけた。「なんかいったか」

「いえ。あの、なにも……」

李奈のなかで反感が募りだした。「友達を脅すのなら通報しますよ」

「ほう」樋爪が李奈に向き直った。「度胸が据わってるな。岩崎翔吾事件の前までは人見知りな性格だったのに」

「必要があれば人は成長します」

「ならおおいに期待したい。汐先島《しおさきじま》のクローズド・サークルで編集者が死んだろ？　賢いあんたはだまされなかった。丸善版聖書探しには、あれ以上の知恵が必要になる」

「そうおっしゃるのは、あなたがたが聖書を全力で探したのに、結局見つからなかったからですよね？」

「まあそんなとこだ」

「なぜわたしに可能だとお思いになるんですか」

「鴇巣社長のご指名だ。本に関することならなんでもござれの杉浦李奈にまかせたいと。俺も同感だ。あんたのことを知れば知るほど感心した。いちもく置いてるんだから、こうして頼んでる。手荒なことはさせないでくれないか」

一方的に脅迫しておいて、いちもく置くもなにもあったものではない。李奈は及び腰になりつつも、また樋爪に問いかけた。「わたしへの嫌がらせはあなたがたのしわざですか。鴇巣社長からの依頼を請け負ってるとか？」

「気は進まないが、早めに折れてもらう必要があるんでね。新潮社のプレスリリースを見て、仕事を引き受ける気になったと解釈した。だがいまごろ丸善丸の内店を訪ねてるようじゃ不安にもなる。だから進捗《しんちょく》状況をききたかった」

「ここはあなたがたの会社ですか」

「まさか。エルネスト社が借りてるオフィスのひとつだよ。立地は最高、家賃も馬鹿高いだろうな。あんたが一刻も早く丸善版聖書を見つけることが、鴇巣社長の安堵《あんど》につながる」

「聖書になにがあるんですか。一兆二千億円の債務はどうあっても消えないですよね」

「天国へ昇る道筋が書いてあるんじゃないのか。鴇巣社長はそう期待してる」

「どういう意味ですか？　鴇巣社長はキリスト教にあやかって、死後に魂の救いを求めてるんでしょうか。でも神道のはずですよね?」

「質問が多すぎる。丸善版聖書を見つけて、研究本の執筆にとりかかれば、その過程でいろいろわかってくるんじゃないのか。本に関する謎解きが得意なあんたなら」

乱暴な理屈だ。妙に投げやりでもある。ひょっとしたらそれが鴇巣や樋爪の思考のすべてかもしれない。じつは詳しいことがなにひとつわかっていないのではないか。なんらかの理由で丸善版聖書の分析を必要としているのはまちがいない。そこになにがあるのだろう。

宗教的な動機も考えられなくはない。神道はほかの宗教を否定しない。キリスト教との最も大きなちがいといえば死生観だ。神道における死は、氏神となって子孫を見守ることを意味する。鴇巣は離婚して独り身だ。子孫の心配よりも自分の魂の安らぎを求めるがゆえ、キリスト教の死生観を必要としている、そんな可能性はないだろうか。仏教は浄土真宗を除き、輪廻《りんね》転生が基本にあるため、永遠に人生の苦を繰りかえさねばならない。途方もない負債を抱えこみ、現世に絶望した鴇巣が、キリスト教の天国を夢見るようになったのではないか。

そこまで考えたものの、なお疑問は尽きない。なぜ丸善版新約聖書でなければいけないのか。〝神が認めし本文〟であるTR新約聖書こそ適切のはずではないか。

樋爪がいった。「俺と話すのが気が引けるっていうのなら、うちの柏原蘭子《かしわばららんこ》を連絡係にする。鴇巣社長に報告があれば彼女と話せばいい」

例の黒髪ロングに痩身《そうしん》の女性が軽く頭をさげた。依然としてにこりともしない。

李奈のなかで困惑が深まった。樋爪に視線を戻し李奈はきいた。「ヒントの要請はできるんですか。丸善版聖書がありそうな場所をリストアップしてもらえるとか」

「ゲームじゃないんだからそんなことは不可能だ。蘭子への報告は、くだんの聖書が見つかったときと、研究本が書けるだけの分析が進んだとき、二度にかぎらせてもらう」

「でも鴇巣社長によれば、わたしは八方手を尽くしてるうちの、駒のひとつにすぎないはずですよね。ほかで得られた手がかりをまわしてもらったほうが……」

「残念ながら、いまや鴇巣社長の本命は杉浦李奈、あんただよ。どいつもこいつも使いものにならなくて、もうあんたしか残ってない。そのぶん報酬は弾んでくれると思う」

「巨額の借金を抱えているのにですか」

「話はそれぐらいだ」樋爪が立ちあがった。「あんたの貴重な時間を浪費させたくない。聖書探しに戻ってもらおう。下まで送る」

黒スーツがぞろぞろと動きだした。優佳は腰が抜けたように、ソファの上でへたりこんでいる。李奈は優佳に手を貸し、ふたりで身体を起こした。立ちあがると蘭子と目の高さが合った。至近距離から蘭子がじっと見つめてくる。李奈も蘭子を見かえした。

この女性はなぜ胡散臭《うさんくさ》い会社に身を寄せているのだろう。脅迫に一枚加わっているという自覚はあるはずだ。李奈は小声でたずねた。「罪の意識はないんですか」

蘭子の冷やかなまなざしに、微妙に当惑のいろがよぎった。それでも落ち着いた声で蘭子は応じた。「あなたもいずれ納得する」

李奈は凍りついた。いまの発言はなにを意味するのだろう。だが問いただす機会もなく、蘭子はすでに立ち去りだしていた。周りの黒スーツらがうながしてくる。恐怖にとらわれた優佳の手を引き、李奈は歩きだすしかなかった。

こんなあつかいのすべてに納得できるときが来るのだろうか。とても想像がつかない。まったくありえない話としか思えない。

10

雨の激しく降る午後だった。李奈と優佳はSUVの後部座席に揺られていた。『週刊新潮』記者の寺島が、こちらに背を向け、スバルのフォレスターを運転している。いま目白《めじろ》通りから不忍《しのばず》通りに入ったところだ。片側二車線の車道はそれなりに混んでいた。歩道のそこかしこに開いた傘が行き交う。

運転席の寺島がステアリングを切りながらいった。「株式会社家来樹《カラージュ》ってとこ、調べれば調べるほどやばいね。本社は六本木の雑居ビル。業態は人材派遣となってるけど、ようするに反社だよ」

とっくに承知している。物騒な社員たちに囲まれた身からすれば、いまさら驚けない。優佳もただつぶやいた。「でしょうね」

寺島は振り向かずにつづけた。「指定暴力団じゃないから警察にマークはされてないけど、各方面の評判は最悪だよ。日雇い労働者をボロボロの寮に住ませて、賃料やら電気水道代やらの名目で、ほとんど天引きしてしまうとか。ほかにも脅迫代行を請け負ったり」

「あー」優佳が顔をしかめた。「まさしくそれを体験しました」

「黒い噂は山ほどあるけど、裏付けは困難かもしれない。わりと仁義を通すところだと擁護する声もあったりして、犯罪行為についての証言を得にくいんだよ」

「仁義を通すって？　わたしも李奈もさんざん怖い目に遭わされたんですよ」

「録音でもしてりゃよかったのに」

「わたしたちがボコられてもいいってんですか。訴えますよ」

「よしてくれ。わかった、きみたちの感情に無頓着《むとんちゃく》すぎた。そこについては謝るよ。でも警察に駆けこんでも相手にされにくいってのはたしかだ。なにしろ前科がないんだからね」

何度か顔を合わせるうち、寺島はすっかり打ち解け、くだけた物言いをするようになった。それはかまわないのだが、警察への相談を無意味と断じるあたり、週刊誌記者としての下心が透けて見える。このまま騒動をできるだけ引っ張りたいのだろう。

李奈は寺島にきいた。「通報するなとおっしゃるんですか」

「そうはいってないよ。きみたちが身の危険を感じてるなら大問題だ。通報するもしないも、きみらの自由だよ」

これも予想どおりの返答だった。取材という名目の中立的立場を崩さない。それでもやんわりと通報を妨げるか、少なくとも遅らせようとしてくる。ほかのマスコミが嗅《か》ぎつけないうちに、なにか面白いことが起きてほしい、寺島が願っているのはその一点だけだ。

だが実際のところ、いまの段階で通報したところで、警察が家来樹《カラージュ》に注意を促すだけに留《とど》まってしまう。脅迫と受けとられるような行為はするな、そんな警告が発せられて終わりだ。執拗《しつよう》な嫌がらせはつづき、事態は泥沼化の一途をたどる。李奈は小説の執筆どころではなくなる。それでは鴇巣社長の思うつぼだ。

やはり丸善版聖書を入手し、内容をつぶさに分析、なんらかの発見を得ることが最善策だろうか。優位に立てばたしかに状況も変わる。依然として不本意にはちがいないが、現状を打開するための前向きな行動と思えば、少しは気分も乗ってくる。

クルマは赤信号を前に停車した。左右に揺れるワイパーの向こう、横断歩道を親子らしきふたりの傘が、ゆっくりと横切っていく。寺島が前方を向いたまま話しかけてきた。「杉浦さん。今度のことはある意味、小説家としての通過儀礼だろうね」

「通過儀礼……ですか?」

「そう。小説家になれば広く大衆を相手にする。いろんな方面からの風当たりが強くなる。どんな人が読んでるかわかったもんじゃないからな。突然のように抗議を受けたり、脅迫されたり、無茶な要求を突きつけられることもある」

優佳が不満そうな顔をした。「そのために出版社には法務部があるんじゃないですか?」

「どの版元でも出版契約書には、作品の内容に関する全責任を著者が負うとある。版元は原稿を校正するし、刊行と流通を担うけど、誰々著と表紙に書いてあればその人の小説だよ。社員でもなくフリーランスだから、版元の法務部も最後まではかばいきれない」

「そんな」優佳が嘆いた。「出版社から見捨てられることもあるって話ですか?」

「積極的に見捨てたりはしないけど、守ろうにも限度があるんだよ。そもそも作家の自由な表現を尊重してるぶん、すべての見解が版元と一致してるとはかぎらないからね。編集者からいわれたとおりにしか書けないなんてご免だろ? 自分なりの表現をとったのなら、自分で責任を持たなきゃ」

李奈はため息をついた。「不条理な難癖や嫌がらせを、いつ受けるかもしれないのが小説家だから、こんな経験も勉強のうちとおっしゃるんですか」

ふたたびクルマが動きだした。寺島が運転しながら片手で頭を掻《か》いた。「腹立たしく思えるかもしれないが事実だよ。新潮社にも作家への脅しめいた電話や手紙は頻繁にある。KADOKAWAさんだって同じはずだ」

優佳がうんざり顔でシートに身をあずけた。「憂鬱《ゆううつ》」

「本当にそう思うのなら」寺島は軽い口調でいった。「小説家をやめればいい。なにかを世にだすからには、好ましくない反応も覚悟しなきゃならない。知ってるかな。拘置所にはたいてい漫画がない。小説を読んで時間を潰《つぶ》す者が多いんだ」

なおも不服そうに優佳がきいた。「そういう人がみんな小説の内容に怒ったりはしないでしょう?」

「もちろんだよ。むしろ心が救われたとか、感謝の手紙を受けることがほとんどだ。刑務所に服役中の人から感想文が届いたりもする。大半は賞賛だけどな」

「ならいいじゃないですか」

「俺がいいたいのは、小説がときと場所を選ばず読まれてるってことだ。どんなふうに受けとられるかまるで予想がつかない。突然のトラブルはいつでもありうる」

「でも李奈は、作品をどう思われたかというより、ただ単に嫌がらせと脅迫を受けてるんですよ」

「名が売れてくれば仕方がないことだ。通過儀礼ってのはそういう意味だよ。小説家としてもうひとつ大きくなるためには、これを乗り越えなきゃならない」

優佳が愚痴っぽくこぼした。「もっともらしくきこえるけどさ。わたしたち、寺島さんに踊らされてるだけじゃない?　警察に駆けこんじゃおっかな」

「おい……。さっきからいってるじゃないか。通報したってろくに相手にされないよ。

弁護士に相談しても泥沼化するだけで、小説家としちゃマイナスになる。ここは逆に鴇巣社長の真意をつかんでだな……」

「いつどうやってつかむんですか。寺島さんは傍観をきめこんでますよね?」

「そんなことはないよ。明日《あした》から鴇巣社長の出身地、香川の高松に出張するつもりだ。父親が権禰宜《ごんねぎ》を務めてた神社にも行ってみる。地元ならなにかわかるかもしれない」

ベテラン記者の取材力に期待するしかない。李奈は頭をさげた。「お願いします」

「鴇巣社長の人となりを知る幼なじみでも見つかれば、いちばん話が早いんだけどね。まあ頑張ってみるよ」寺島はクルマを脇道に向かわせた。「着いた。そこの角が柚月教会だ」

クルマが住宅街の路地を徐行する。小ぶりな民家が連なるなか、丁字路の角に鉄筋コンクリート造の建物があった。灰いろにくすんだ外壁を、黒々とした雨垂れが覆い尽くしている。かなりの歳月を経ているらしい。

停車をまち、李奈はシートベルトを外した。寺島に礼をいいつつ、後部ドアを開ける。冷えた空気が流れこんできた。優佳とともに車外に降り立ち、ふたりで傘をさした。

正面玄関のアーチに教会っぽさが見受けられるものの、総じて地味で無骨な印象がある。コンクリート壁には彫刻に似せた装飾もなく、ほとんどのっぺりとしていた。玄関の扉だけは木製で立派だった。

短いクラクションとともに、寺島のＳＵＶが走り去っていった。李奈と優佳は教会の玄関前に立った。

優佳がため息まじりにささやいた。「週刊誌のネタとして泳がされてるだけだよね？」

「そうかもしれないけど」李奈は呼び鈴を探した。「新潮社さんも取材のメリットがあるから、それなりに協力してくれるんだし……」

「持ちつ持たれつってことか。小説家として有名になったら、もっと玩具《おもちゃ》にされるのかなぁ」

ドアのわきに真鍮《しんちゅう》製のジングルベルがあったが、ただの飾りらしく動かない。よく見るとその下に、ふつうの押しボタン式のチャイムがあった。それを押してみる。なんの音もしないが、内部では鳴っているのかもしれない。

ほどなくドアが開いた。顔をのぞかせたのは、かなり高齢の男性だった。外壁と同じくらい地味な、灰いろのスーツを身につけている。誰もが想像する黒のガウン姿ではない。プロテスタント教会の牧師は、服装もカジュアルだといわれる。この人が牧師なのだろう。

李奈はきいた。「矢野さんですか」

「杉浦さんと那覇さんですか」矢野牧師がにこやかに迎えた。「ようこそ。おまちしておりましたよ」

「お忙しいところ、急なお願いをきいていただきまして……」

「いや。特に忙しくなどありません。ご覧のとおり静かなものです。なかへどうぞ」

矢野牧師にいざなわれ、李奈と優佳は教会のなかに入った。薄暗いが内部は暖房がきいている。学校の教室ていどの広さで、やはり装飾は最小限、正面に掲げられているのは十字架のみだった。プロテスタント教会だからだろう。カトリック教会のようなマリア像や聖水盤、告解室は見当たらない。ほとんど多目的ホールと見まごうほど殺風景だ。絢爛《けんらん》豪華と対極にある質素な内装が、いかにも日本らしいとも感じる。

「さて」矢野牧師が立ったままいった。「丸善さんが刊行なさった新約聖書について取材されているとか」

「そうです」李奈はうなずいた。「矢野さんは丸善の先代の社長さんとも知り合いだったとか」

「ええ。ご寄付をいただくなど交流がありました。この教会は戦後に建て直されたのですが、もとは明治初期に建ちましてね。当時の牧師が丸善さんの聖書を販売した縁があったんです。プロテスタントは福音派で聖書を重んじるので、たくさん必要でしたから」

これは期待できそうだと李奈は思った。「一冊でも残っていたりしませんか？」

「あいにく現存する物は一冊も……」

優佳が残念そうにたずねた。「どこかにあるって話をきいてませんか？　片っ端から教会をまわらなきゃならないんでしょうか」

矢野牧師が微笑した。「プロテスタント教会のすべてが、丸善さんの新約聖書をあつかったのではなく、むしろごく一部だったんですよ。いまは日本基督《キリスト》教団という大きな教派があって、多くの教会がそこに属していますが、当時は日本基督公会が横浜に設立されたばかりで」

李奈は矢野を見つめた。「本で読みました。明治六年にキリシタン禁制高札が撤廃されて、各地に教会が建てられたんですよね？」

「そのとおりです。日本基督公会のほかに、会衆派と呼ばれる組合教会や、聖公会、メソジスト教会、バプティスト教会が成立しました。やがて各教派が協調しだして、大正十二年に日本基督教連盟、昭和十六年に日本基督教団としてまとまったんです」

「すると丸善の新約聖書を販売したのは、日本基督公会以外の教派ですか」

「そう伝えられています。日本基督公会ではヘボンらが翻訳を進めていましたからね」

「丸善版聖書は異端だったんでしょうか？」

「とんでもない。私も現物を見たことはないんですが、亡き父のきいた話によれば、現在の新共同訳聖書に近い、わかりやすさを優先した翻訳だったとか」

「ああ。新共同訳聖書というと、日本でいちばん普及している聖書ですよね。TRでなくNAが原本の」

「よくご存じですね。文語訳の明治元訳聖書や、多少わかりやすくした口語訳聖書、さらに読みやすい新改訳聖書につづき、プロテスタントとカトリックが共同で訳したのが新共同訳聖書です。いまでは教会の八割が新共同訳聖書を用いてます。うちもそのひとつですよ」

「では丸善版聖書も、新共同訳聖書と同じく、現代口語による翻訳に近かったんでしょうか」

「あくまで明治十三年時点の口語ですけどね。教会での典礼や礼拝における、実用性を重んじた翻訳だったという点でも、新共同訳聖書に先んじていました。むしろ新共同訳聖書にみられる欠点が、丸善版聖書にはなかったりしたんです」

「そうなんですか」

「ええ。ルカによる福音書二章四十八節から〝息子よ〟のフレーズが、ほかの翻訳同様、新共同訳聖書からは削除されています。丸善さんの聖書にはちゃんと掲載があったそうです。ヨハネ伝一章一節〝言《ことば》は神と共にあった〟も、ルターの誤訳に基づくミスだとよく指摘されます。この点も丸善さんは〝神のもとにあった〟と正しく訳していたとか」

李奈も新約聖書のいくつかのバージョンを読んでいた。「一般には広く〝神と共にあった〟のフレーズが普及してると思いますけど」

「そうなんです。そのように暗記している人々も多く、私もときおり意味を曲解されないかと、当惑をおぼえることがあります」

「マタイ伝の五章三節〝心の貧しい人々は、幸いである〟も、原文とはちがう解釈を広めているといわれていますよね」

「ええ。恵まれている人だけでなく、どんな立場にあろうとも、神に心を向ける人こそ恩恵を被るというのが、本来の意味なのですが……。新共同訳聖書では定着した言いまわしが優先されてしまいました。これも丸善さんは原文に忠実だったとききます」

優佳が目を丸くした。「丸善版聖書のほうが正しい箇所も多々あったんですか」

矢野牧師がうなずいた。「なのにわかりやすい口語訳だったがゆえ、当時としては逆に敬遠されたらしく……。早すぎた名翻訳だったとしかいいようがありません。私もいちどでいいから読んでみたいと思っております」

李奈は矢野にきいた。「こちらにあった丸善版聖書は当時、一冊残らず売れてしまったんでしょうか」

「いえ。まったく売れなかったそうです」

「なのに一冊も残っていないんですか」

「やはり昭和十六年、日本基督教団が成立したことが、大きく影響したと思います。あれは宗教団体法に基づく、政府の強い要請が背景にあったので、各教派の統一が急速に進みました。聖書もやはりひとつの翻訳に絞られたんです」

昭和十六年といえば一九四一年、太平洋戦争勃発《ぼっぱつ》の年だ。オフィシャルの聖書が定められるのと同時に、日本は戦争に突入してしまった。反主流派の烙印《らくいん》を押された丸善版聖書は、戦火のなかで灰になる運命だったのかもしれない。

「でも」優佳が切実にいった。「使ってない聖書とはいえ、敬虔《けいけん》なクリスチャンなら、おいそれと処分できないんじゃないですか？」

矢野牧師は首を横に振った。「そうでもありません。『コリント信徒への手紙一』十章十四節、〝愛する者たちよ。偶像礼拝を避けなさい〟。物に執着するのは偶像礼拝になります。聖書自体を神聖視するのは異端なのです」

「じゃあ……。捨てるのに抵抗がなかったってことですか？」

「カトリックでは聖書のほか、祝福された品を処分する際、燃やしたり埋葬したりする習慣があります。しかしそれさえも厳格に定められているわけではありません」

「いらなくなった聖書は、ふつうどうするんですか」

「さあ。たいてい教会に寄付すれば、喜んで受けとってもらえますが、丸善さんの聖書は教会こそが持て余していましたので……。日本基督《キリスト》教団の成立もあり、ふつうに処分したのではないかと。私の父すら実際に見たことがなかったのですから」

李奈は矢野牧師にきいた。「当時の古書店に引き取ってもらった可能性はありませんか？」

「ないとはいいきれませんね。ただそれも、日本基督教団が普及させたい聖書がほかにあるのに、前向きにおこなったかどうか……」

優佳が李奈を見つめてきた。「聖書って古本屋に売っていいの？　需要ある？」

「そりゃ需要あるよ。全世界で五十億部の超ベストセラーだから。ブックオフもISBNコードの入った聖書なら買い取ってくれる。ISBNコードのない無料配布の本は無理」

「小説家にとって一気に身近な話になってきた……。わたしの本より全然歓迎されそう」

失意が胸のうちにひろがる。やはりこの教会にも丸善版聖書はなかった。存在を確認できたのは、丸善の社長室に掲げてあるという写真のなかのみ。李奈は困惑とともに矢野牧師にたずねた。「昭和五十年代、丸善本社に一冊だけあったそうなんですが、ご存じですか」

「写真だけは拝見しました。先代の社長さんにきいたのですが、どこかの博物館の展示に貸しだしたとき、先方の不手際により紛失してしまったとか」

「博物館の展示ですか……。時期や場所についてご存じないですか」

「さあ。それこそ丸善さんの事情ですので」矢野牧師は厳かに告げてきた。「残念ではありますが、もし紛失について当時相談を受けていたとしても、私はいったでしょう。忘れなさい、物への執着は必要ありませんと」

11

いまや新潮社に寄せられる、世間からの情報だけが頼りになった。まつあいだに李奈は小説を書こうとしたが、思うように筆が進まない。優佳の助言にしたがい、担当編集者の意見をきくことにした。

長く降りつづく雨のあがった午前、李奈は優佳とともにKADOKAWA富士見ビルを訪ねた。例年秋の終わりには編集部はあわただしくなる。事務机が複数ずつ集まる島のあいだを、社員がひっきりなしに行き来する。首から下げたIDカードで、社内の設備を使える仕組みのため、それを机に忘れた社員がいちいち取りに戻る。そのせいでよけいにせわしない。本来はもう少し落ち着いた雰囲気のはずが、ハイテクが裏目にでているようでもある。

長いこと働いている二十代の派遣社員、東崎亜衣《とうざきあい》もあちこち駆けずりまわっていた。李奈は声をかけようとしたが、亜衣は髪の乱れを直す暇もないようすだ。いったん廊下にでて、また編集部に戻ってきたとき、亜衣の眼鏡は気温差のため曇っていた。それを拭《ふ》く手間も惜しみ、ただちにコピー機へと急ぐ。ゲラの束の複写を抱え、そこから離れた島へと足ばやに向かう。

李奈はコピー機の忘れ物に気づいた。自動原稿送り装置から吐きだされた、もとのゲラの束が残っている。それを手にとり亜衣を追った。

亜衣が机のひとつに足をとめ、コピーの束を編集者に差しだした。「できました」

編集者はそれを受けとったものの、怪訝《けげん》そうに亜衣を見あげた。「もとのゲラは？」

はっとした亜衣があわてて引きかえそうとしたとき、李奈は素早く近づき、編集者にゲラを渡した。「多かったのでいちどに運べなかっただけです」

「ああ、杉浦さん」編集者が頭をさげた。「わざわざどうも」

顔見知りていどの編集者だったため、挨拶《あいさつ》はそれだけに終わった。編集者は机に向き直り、赤いボールペンを手に校正作業を始めた。

亜衣はまごつきながらも一礼し、編集者の机を離れた。李奈と並んで歩きだすと、亜衣は笑顔になった。「ありがとうございます、杉浦さん。いつも助けてくださって」

「そんなこと……。でも最近はよく会いますね。忙しいときに限って呼ばれてるからかな」

「ほかとの掛け持ちがなくなって、KADOKAWAさん一本に絞ってからは、よく出社してますので」

「あー。爽籟《そうらい》社さんが潰《つぶ》れたからだっけ？」

島の谷間を優佳が駆け寄ってきた。「李奈。菊池さんが会議から帰ってきたよ」

約束の時間どおりに訪ねたにもかかわらず、担当編集者にまたされるのにも慣れている。小説家としてもっとランクがアップすれば、こういう状況も変わるのだろうか。

菊池が机を前に着席した。李奈は優佳とともに近づいた。なぜか菊池はせわしなく机をあさりだした。

「変だな」菊池は引き出しを開け閉めした。「予定のメモはたしかここに……」

すると亜衣があわてた顔で駆け寄った。しゃがみこんですぐメモを手に立ちあがる。

「すみません。落ちてましたが、こちらですか？」

じれったそうに菊池がいった。「ふだんから落とし物には注意してくれと頼んであっただろ？　移動中は床から目を離さないように頼むよ」

亜衣は不本意そうな表情をのぞかせたが、すぐに深々と頭をさげた。「申しわけありません」

優佳が皮肉っぽくささやいた。「派遣社員相手にパワハラ」

「ちがうよ」菊池の眉間《みけん》に皺《しわ》が寄った。「ほんとにこの時期、メモとかの紛失が多いんだ。社員は手もとの仕事で脇目も振れない。だから頼んでる」

「正社員じゃない人に雑務を押しつければいいって考えですかね」

「なんでそんなに煽《あお》る？　那覇さん。新作をうちでださないからって、そういう態度はよくないよ。次の仕事に響くかもしれない」

「おっと」優佳はおどけた顔で菊池を見つめた。「いまのは……」

「パワハラじゃないよ」菊池は吐き捨てると亜衣に視線を移した。「色校は？」

「ああっ」亜衣が取り乱しながら遠ざかった。「いまお持ちします」

菊池は大仰にため息をついたが、優佳が冷ややかなまなざしを投げかけたせいか、悪態をつくには至らなかった。

年末が近づくにつれ、どの出版社もぎすぎすした空気に包まれる。できればこの時期には訪問したくなかった。辛《つら》くあたられる派遣社員の姿が、自分に重なるように思えてならない。

「杉浦さん」菊池がむすっとしたままパソコンのキーを叩《たた》いた。「今度の原稿だけど……」

「はい」李奈はうわずった声をあげた。冒頭の数章だけ書いた新作の原稿データを、すでに菊池に送ってあった。

　机の上のモニターに原稿が表示された。菊池が唸《うな》った。「方向性は悪くないよ。ただ、このあいだの『マチベの試金石』にくらべると……。なんだかうわの空で書いた感じだ」

「あー……。やっぱりそうでしょうか」

「最初からこんな話だとリーダビリティが生じにくくて、読み進めるのに難儀するよ。もっと登場人物の内面に芯《しん》がないと」

　優佳が口をはさんだ。「李奈は忙しかったんですよ」

「なに？　忙しかった？」菊池が李奈を見つめてきた。「どっかで別の新作を……」

「ちがいます」李奈は否定してみせた。「ただ新潮社さんで小説以外の本を検討中で」

「ああ。記事にでてたあれか。古い聖書の研究本だっけ？　そんなの売れるのか？　どんな経緯で企画が湧いたんだろうな」

　脅しを受けていることは秘密にしてある。それを言いわけにもしたくない。李奈は頭をさげた。「もういちど登場人物の心理を考慮して、最初から書き直します」

「それがいいよ。放心状態から入るより、最初から強い葛藤《かっとう》を描いたほうが、読者も共感しやすいし……」内線電話が鳴った。菊池が受話器をとった。「はい。……どこからの電話ですって？」

優佳が李奈に耳打ちしてきた。「他社で新作だすかもって可能性に、菊池さん目のいろ変えたよ。李奈、特別あつかいされてきてるんじゃない？」

「まさか……。そんなに大事にされてないよ」

「いまのうちに印税を上げる交渉しといたら？　最高税率の十二パーセントに」

李奈は思わず吹きだした。「十二って。どこの大御所？」

菊池が受話器を差しだしてきた。「杉浦さん。きみにだ」

「えっ」李奈は驚いた。「わたしに電話ですか？」

「そう。英知《えいち》書院って出版社からだ」菊池が探るような目を向けてきた。「杉浦さん。まさか新作をそこで……」

「まさか。おつきあいのある版元じゃありません」李奈は戸惑いながら受話器を受けとった。「もしもし」

中年男性とおぼしき声が耳に届いた。「杉浦李奈さんですか。英知書院の馬淵《まぶち》と申します。このたびは原稿をお送りいただき、まことにありがとうございました」

嫌な予感がしてきた。李奈はいった。「初めまして……。あのう、原稿とおっしゃると……？」

「もちろん『新人作家リナの熱く淫らな妄想』ですよ。いやあ、ふだんなら突然送られてくる原稿に目を通したりしないんですが、これには数行読んで引きつけられました。さすがKADOKAWAさんや講談社さんで活躍されてる、杉浦李奈さん作だなと……」

「あのう」李奈はあわてて遮った。「どうしてこちらに電話なさったんですか」

「……きょうこの時間に、KADOKAWAの菊池さんに電話してくださいと、メールに書いてありましたが？」

「わたしからのメールですか？」

「もちろんですよ。つきましては刊行時期や印税についてご相談をと思いまして」

反発したくなる衝動を堪《こら》え、李奈は低い声でたずねた。「いまからおうかがいしてよろしいでしょうか」

「……きょうですか？　なんと突然に……。いえ、しかし杉浦さんがお越しになるのなら。最寄り駅は飯田橋ですので、KADOKAWAさんからもそう遠くありませんし」

「すぐ行きます」李奈は返事もまたず受話器を戻した。「英知書院に行ってきます」

「おい!?」菊池が立ちあがった。「だいじょうぶなのか？　英知書院といえば……」

かつてはアダルト向け雑誌で知られた英知出版がまず連想される。現在は官能小説の版元として有名な英知書院。家来樹《カラージュ》による嫌がらせが再発したとしか思えない。被害の証拠は集めておく必要がある。

優佳が声をかけてきた。「わたしも一緒に行こうか？」

「だいじょうぶ」李奈は憤然と歩きだした。「ここはわたしひとりで」

李奈は頭に血が上るのを感じた。なにが『新人作家リナの熱く淫らな妄想』だ。侮辱するにもほどがある。これが聖書を探し求める人間のやることだろうか。なすすべもなく翻弄《ほんろう》されている場合ではない。

12

飯田橋三丁目、低層の雑居ビルが隙間なく連なる路地のなか、英知書院のロゴが目に入った。ふつうビルに入居する会社は、控えめに社名を掲げるものだが、ここはエントランスのわきのフェンスに、やけにめだつアルミ製看板を設置している。

李奈はひとりため息をついた。ネットで検索したところ、中高年男性にはアダルト向け雑誌の英知出版が、いまだに広く認知されているらしい。当時の社屋は渋谷《しぶや》区神宮前《じんぐうまえ》にあったという。現在の英知書院は経営も異なり、ただ社名の一部が重なるにすぎないようだが、それでも官能小説専門の出版社になっている。英知とはやはりHという意味なのだろう。このエントランスを入るのに多少ためらいが生じる。

いつまでも路地に立ち尽くしているわけにはいかない。李奈はビルのなかに足を踏みいれた。階段を上って二階に着くと、開放されたドアの奥、事務机がひしめきあう編集部が見えていた。

本づくりに追われる会社はどこも同じだ。英知書院の場合、受付や応接間もなく、広めの一室全体が編集部になっていた。働く編集者らはみなカジュアルな服装だった。仕事ぶりはほかの出版社と変わらない。だがどうしても気になるのが、そこかしこに貼られたポスターだった。一見して官能小説とわかる題名と惹句《じゃっく》が、けばけばしい色彩で大書されている。コンビニにある成人雑誌コーナーがそのまま部屋全体にひろがった感じだ。

三十代ぐらいの女性社員が、淡々とした表情でたずねてきた。「どちらさまでしょうか」

「あ、あのう。杉浦李奈です。馬淵さんとお約束が」

すると近くの机で中年男性が立ちあがった。特に大手出版社の編集者と変わらない印象の人物だった。男性が満面の笑いとともに歩み寄ってきた。「どうも、杉浦さん。わざわざご足労いただきまして」

差しだされた名刺には英知書院編集部、馬淵長輔《ちょうすけ》とある。李奈は話しかけた。「原稿のことですけど……」

「はい。こちらにありますよ」馬淵はA4のコピー用紙の束を手にとった。縦書きの文面が印刷されている。李奈に事務椅子を勧めながら馬淵がいった。「これはもう本当に甘美で、なおかつ官能的な長編ですよ。社長もぜひ出版させていただきたいと」

「……拝見してよろしいでしょうか」

「もちろんです。あなたの原稿ですからね、どうぞ」

クリップでまとめられた原稿を受けとる。李奈は事務机の空いている席に座った。馬淵も自分の椅子に腰を下ろす。応接セットのないこの会社では、これが接客の形態らしい。

『新人作家リナの熱く淫らな妄想』杉浦李奈著。表紙にそう書かれていた。もやもやした気分で本文を読み始める。

とたんに顔が火照ってくる。なんと一行目から李奈の現住所が暴露してあった。いま李奈の暮らす阿佐谷のマンションの二階、平安《ひらやす》リナは寝室のベッドに横たわっている。そこから先は暗喩《あんゆ》を奔放に駆使した、まさしくポルノ小説の王道と呼べる展開が、果てしなく延々と綴《つづ》られる。

憤りを抑えつつ李奈は馬淵にきいた。「これはいつ送られてきましたか」

「つい先日です。杉浦さん、阿佐谷にお住まいなんですね」

封筒にも差出人の住所として記されていたのだろう。李奈は上目づかいに馬淵を見た。「どうせ封筒には宛名《あてな》シールが貼られているだけで、手書きの文字はありませんよね」

「ええと、はい。ここにあります。宛名シールでうちの社名と住所。差出人名はゴム印ですね。杉浦さんがお送りになったんでしょう？」

一瞥《いちべつ》してまったく馴染《なじ》みのないゴム印だとわかる。現住所に杉浦李奈と併記してあった。李奈は原稿に目を戻した。「一般小説を書いてた作家が、こちらに原稿を送ってくることはあるんですか」

「長いこと鳴かず飛ばずの作家さんが、官能小説に手をだす例はわりとありますよ。でも杉浦さんのように、まだ若くて現役の女性が参入するのはめずらしい。おおいに呼びものになります。表紙用にグラビア撮影もさせていただければ……」

「出版社名で二の足を踏む作家も多いでしょう」

「とんでもない！　英知とはHという意味かとよくきかれますが、そもそも英知とは深遠な道理を知りうる、優れた知恵のことです」

「でも多くの男性が英知出版のころから、あっちの意味だと認識してますよね」

「あっちとは？」

「いわせるとセクハラになります」

そんな小説を書いておきながら妙なことをいう、馬淵はそう思ったらしく眉《まゆ》をひそめた。それでもあからさまに笑顔を取り繕い、馬淵は身を乗りだした。「英知出版という社名を曲解してたのは、ごく一部の人たちですよ」

「そうですか？　かつて英知大学が聖トマス大学に変名したのは、英知出版の社名あってのことですよね？」

「ええ、まあ……。お若いのによくご存じで」

兵庫県尼崎《あまがさき》市若王寺《なこうじ》二丁目に、カトリック大阪大司教区が創設したミッションスクール、それが英知大学だった。日本で唯一のカトリック教区立大学、近畿《きんき》圏ではただひとつの男女共学のカトリック大学でもあった。

そんな由緒正しい英知大学だったが、二〇〇七年に聖トマス大学への変名を余儀なくされる。アダルト向け雑誌で有名な英知出版と、同じ名をからかわれることが多かったという、身も蓋《ふた》もない理由だった。

李奈はつぶやいた。「結局、名前を変えても聖トマス大学は二〇一五年に閉校」

馬淵があわてぎみに告げてきた。「それは英知大学の名前とは無関係かと……。いろいろドタバタがあったらしいんですよ。願いを叶《かな》える白い象のオブジェが、大学の資金で建設されて、学生や教職員の抗議により撤去されたり」

「あー。カトリックの大学だからですか。偶像礼拝を禁じていたんですよね」

「ええと、そこんとこは不勉強で、私もよく知らないんですが……。ほかにもいろいろ問題があった結果、学生募集が停止されたときききます。とにかく英知書院の社名が、一流小説家たる杉浦さんのキャリアを貶《おとし》めたりはしませんよ」

KADOKAWAや講談社では最下層のあつかいでも、英知書院では一流小説家と呼ばれる。出版界とはそんなものなのだろう。馬淵による熱烈な歓迎ぶりは、逆に李奈が本来、ここに来るべき人間ではないとしめしている。

原稿に目を走らせるうち、李奈はひとつの文章に注意を喚起された。〝平安《ひらやす》リナはそんな加藤《かとう》ユウジに対し、ひたすら渡航安全に生きた。〟

渡航安全に生きる。まるで意味のわからない言いまわしだった。この小説には随所に不自然なところがあるが、ここは際立って意味不明に思える。

ふとひとつの考えが脳裏をよぎった。李奈は事務机のノートパソコンに向き直った。

「これ、お借りしてもいいですか」

馬淵が当惑ぎみに応じた。「どうぞ」

キーボードに両手を這《は》わせ、ブラウザにグーグルブックスを表示する。検索窓に文章を入力した。〝真実一路〟。エンターキーを叩《たた》くと、山本有三《やまもとゆうぞう》の『真実一路』を筆頭に、文中にその言葉のある本が山ほど表示された。李奈は検索窓をリセットし、ふたたび入力し直した。〝ひたすら真実一路に〟。

検索結果は0件だった。また入力内容を変えてみる。李奈は〝ひたすら〟の類語を試した。〝必死で真実一路に〟、結果は0件。〝まっしぐらに真実一路に〟、0件。〝無我夢中で真実一路に〟、0件。〝一心不乱に真実一路に〟、0件。〝根気よく真実一路に〟、0件。〝しゃかりきに真実一路に〟、0件。〝愚直に真実一路に〟、0件。

いったん手がとまる。ほかにどんな言葉があるだろう。〝ひたむきに真実一路に〟、やはり0件。ならこれはどうだ。〝情熱を持って真実一路に〟。

エンターキーを叩くや検索結果が表示された。小説の本文中、〝情熱を持って真実一路に〟なる箇所のみが、黄いろくマーキングされている。〝桜澤真実《さくらざわまみ》はそういう橋《はし》本孝史《もとたかし》に向き合い、情熱を持って真実一路に接した。〃それが原文だった。

馬淵が腰を浮かせ、パソコンに歩み寄った。「なんですか？『桜澤真実の危ない遊び』、山里《やまざと》マリコ著？」

李奈はうなずいた。「思ったとおりです」

「まってくださいよ。これは杉浦さんの小説にストーリーがそっくりじゃないですか！　舞台と表現はちがえど展開がまるで同じ……」

「わたしの小説じゃありません。既存の官能小説を、登場人物名を別名に変換したうえで、類語変換アプリにかけたんです。文中の言いまわしがいちいち、同じ意味の異なる言葉に置き換えられているので、グーグルブックスの検索にはヒットしないんです」

「杉浦さんがお書きになったんじゃないんですか？」

「ちがいます。〃平安《ひらやす》リナはそんな加藤ユウジに対し、ひたすら渡航安全に生きた〃ここが気になったんです。渡航安全の言い換えとして思いつくのは平安《へいあん》一路。それで気づけました。ここは平安一路じゃなく、真実《しんじつ》一路だったんじゃないかって。〃ひたすら真実一路に生きた〃なら意味が通る」

誰かが桜澤真実の名を平安《ひらやす》リナに改めた。この作業をおこなった者は小説に詳しくない。元の小説の別の箇所には〝橋本の手が真実《まみ》の頬に触れ〟とある。橋本孝史のほうは苗字《みょうじ》、桜澤真実のほうは下の名で表記されている。ほかにも男性の登場人物が、みな苗字で書かれているため、主人公だけが〝真実《まみ》〟と表現されるのが不自然に思えたのだろう。地の文では主人公を含む全員を、苗字で呼ぶよう統一したようだ。よって元の小説の〝桜澤真実《まみ》〟が〝平安《ひらやす》リナ〟に一括変換されたのち、〝真実《まみ》〟のみの表記が〝平安《ひらやす》〟に一括変換された。

だが小説において、男性を苗字、女性を下の名で表現することはよくある。この小説をいじった何者かは、そんな執筆時の慣例を知らなかったらしい。

何者かは一括変換時、予期せぬミスを見落としてしまった。真実一路が平安一路に変わったことに気づかなかった。

類語変換アプリにより〝そういう〟は〝そんな〟、〝に向き合い〟は〝に対し〟、〝情熱を持って〟が〝ひたすら〟になった。〝接した〟はAIによる文章全体からの判断で〝生きた〟とされたのだろう。だがこのとき〝平安一路〟が類語の〝渡航安全〟に置き換えられてしまった。

明確におかしな文法になっていれば、自動校正によるマーキングが表示されただろうが、なまじ文章として成立していたため、気づかれないまま見過ごされたと考えられる。

最後に何者かは手作業により、物語の舞台を阿佐谷のマンションに書き換えた。その部分を読みかえすと、やはり小説の執筆に不慣れなことがわかる。一行目は住所表記だけで、昼か夜かも書かれていない。これでは読者が情景を思い浮かべられない。

馬淵が啞然《あぜん》とした顔になった。「じゃあこの小説は、単なる盗作……」

「誰かがわたしの名前を騙《かた》って、こちらに送ったんです。どうもお騒がせしました。今後誤解がないよう、これはわたしが持っていきます」

李奈は一礼すると、原稿の束を携え、さっさとドアに向かった。編集者らがぽかんとした顔で見上げる。李奈は脇目も振らず編集部をあとにした。

階段を駆け下り、エントランスをでようとしたとき、背後から靴音が追いかけてきた。馬淵が呼びとめた。「まってください、杉浦さん！　誰かのいたずらだったようですが、これもなにかの縁です。うちで書いていただくわけには……」

「どんな小説をですか？」

「そりゃもちろん官能小説です。グラビア付きなら印税とは別途、モデル料も弾みますよ」

李奈はじれったさとともにいった。「お話はありがたいんですが、わたしが書きたいと思う小説とは方向性がちがってまして……」

ふいにエンジン音が急速接近してきた。目の前を風のようにワンボックスカーが横切る。後部座席のサイドウィンドウから一眼レフカメラがのぞいていた。レンズはまっすぐ李奈をとらえたが、それは一瞬にすぎず、車体はただちに走り去った。

遠ざかるワンボックスカーが角を折れ、たちまち見えなくなった。馬淵が途方に暮れたようにつぶやいた。「いまのは……?」

李奈は自分の失敗を呪った。英知書院の看板の真横。たぶん同じフレームにおさまっている。

13

夕暮れどき、阿佐谷のマンションの一室を、優佳と曽埜田璋が訪ねてきてくれた。兄の航輝も少し遅れて駆けつけた。みなすぐに集まってくれたのは、涙がでるほど嬉《うれ》しかった。

いま机の上のパソコンには、受信して間もない静止画が映っている。クイックメールの使い捨てメアドに添付され、送られてきた画像データだった。飯田橋の雑居ビルのエントランスに立つ李奈と馬淵。揃って茫然《ぼうぜん》とした面持ちをカメラに向けている。傍らには英知書院の看板がはっきり写りこんでいた。

優佳が情けない顔になった。「もう。だから感情にまかせて行くべきじゃなかったんだよ」

「ごめん」李奈は落ちこんだ気分で同意した。「隠し撮りされる危険を考えるべきだった」

航輝がため息をつき、机にあった原稿の束を手にとった。「この画像と原稿をセットで公開すりゃ、李奈が官能小説を書いたと多くの人々が信じる。作家としての地位を揺さぶるには充分だな」

曽埜田は腕組みをし、険しい表情でつぶやいた。「また嫌がらせかよ。モラルに欠けた行動をでっちあげるんじゃなくて、官能小説専門の出版社と仕事するとか、そていどに留《と》めてるのがかえって悪質だな。説得力がある」

「ああ」航輝がうなずいた。「ひとつひとつの嫌がらせは軽微でも、それがつづくとジャブの連打みたいに効いてくる。かといって個別の被害を通報したとしても、真剣に取りあってもらえるほどの一大事でもない」

「どこかに相談したことが世間に知れて、ネットニュースで面白がられた時点で、小説家としちゃマイナスになっちまう。ほんとによく考えられた脅迫方法だよ。小説家以外にはぴんと来ないだろうし、なかなか同情してもらえない」

優佳が李奈を見つめてきた。「嫌がらせは終わったんじゃなかったの？　ちゃんと聖書探しを始めたのに」

李奈は憂鬱《ゆううつ》な気分で首を横に振った。「それが停滞してるから、またせっついてきたんでしょ……。たしかにこっちも、新潮社に寄せられる情報をまつだけになってたから」

「しつこいよね。本当にやり方がいやらしくて下劣」

「だけど」曽埜田がパソコンの画面を眺めた。「前はディープフェイクで顔を合成したのに、なんで今回は本当に罠《わな》に嵌《は》めたんだ？」

そこは李奈も気になっていた。「小笠原莉子さんがディープフェイクを識別したことを、鴉巣社長や家来樹《カラージュ》が知ってたとしか……」

優佳が目を丸くした。「どうして知ってるの？　KADOKAWAの会議室で話しただけなのに」

航輝が李奈にきいた。「会議室には誰がいたんだ？　李奈や那覇さん、小笠原さんのほかには？」

「ええと」優佳が応じた。「葛西編集長と海野副編集長でしょ。それ以外にも編集部の人たち……。担当の菊池さん。あるていどの役職以上の正社員ばかり。新入社員や派遣社員、バイトはいなかったよね」

あの会議室で話し合われたことは、けっして口外してはならないと、社内に厳命が下っていたときく。居合わせた人々以外に内容が伝わるはずもない。にもかかわらず鴇巣社長に筒抜けになっているとすれば、これは由々しき問題だった。

航輝が原稿の束を机に戻した。「脅迫者は小説の書き方をまるで知らない奴なんだろ？　これもＡＩ頼みの偽原稿だ。ならＫＡＤＯＫＡＷＡの社員は絡んでないだろ？」

優佳は表情を曇らせた。「そうとはかぎりません。わざと下手くそな偽原稿にしておいて、疑われないようにしてるのかも」

曽埜田が頭を掻《か》いた。「ったく。類語変換アプリだって？　言いまわしだけ換えちまえば著作権侵害にならないからな。ようするに盗作量産アプリじゃないか。ＡＩなんてほんと、ろくなことに使われないな」

「問題はさ」優佳がいった。「李奈の次回作が角川文庫ってこと。当面はつきあわざるをえないし、ＫＡＤＯＫＡＷＡを通じて脅迫者に情報が漏れてるんなら、今後も見張られつづけることになる」

航輝が何度もうなずいた。「内通者が誰なのか突きとめるべきだ」

李奈は当惑を深めた。「内通者って……。会議室にいたのは編集部のベテラン社員ばかりなのに」

優佳は硬い顔になった。「わかんないって。前にKADOKAWAの社内から逮捕者がでてんじゃん。社屋も家宅捜索を受けたし」

すると航輝が鼻を鳴らした。「逮捕者って……。これが小説なら、ここでの会話が角川文庫で出版できるとは思えないな」

一同が控えめに笑った。李奈もつきあいで笑ってみせたものの、気が鬱《うつ》することは避けられなかった。

曽埜田がふと思いついたようにいった。「そういえばKADOKAWAの編集部では、リモート会議が頻繁におこなわれてるってきいた。担当編集者が作家自身にプレゼンさせたい場合、つないでくれる段取りだって」

優佳が李奈に問いかけてきた。「いっぺん割りこんでみたら？　顔いろをうかがうことぐらいはできるじゃん」

兄や友達を交えての話し合いは、それ以上進展しないまま、時間だけが過ぎていった。その後デリバリーの夕食を頼んだ。食事はろくに喉を通らなかった。浮かない気分のまま解散となり、李奈はまたひとりになった。

　翌朝には菊池にメールをした。リモート会議への参加希望を伝えると、承諾の返事がきた。名刺ホルダーをとりだし、社員らのメアドをたしかめる。担当編集者以外にメールするのは稀《まれ》だった。

　今回のリモート会議の参加者らに前もって、次回作の企画書を送付しておく。内通者が潜んでいるかもしれない、そのこと自体を議題にはできない。いちおう作家として編集部に売りこみたい企画がある、そんな趣旨でなければ会議に参加を認められなかった。

　午後一時、李奈はパソコンの前に座った。Ｚｏｏｍによるリモート会議が始まった。九分割された画面に、ひとりずつ社員の顔が映っている。社内ではなく出先らしき背景が多い。むろん多忙な人間が多いがゆえのリモート会議だろう。

　一見して先日の会議室にいた面々だとわかる。葛西編集長、海野貴子副編集長、顔見知りの編集者である野武要介《のたけようすけ》、広尾忠志《ひろおただし》、鍋屋清花《なべやさやか》、須永祥子《すながしょうこ》、吉山和夫《よしやまかずお》、山根昌之《やまねまさゆき》。いずれも三十代で文庫の編集者だった。そして担当編集者の菊池。

　菊池は早めに李奈のスピーチを消化しておきたいと思ったらしい。誰も発言しないうちに菊池がいった。「まずは杉浦李奈さんから、今後執筆予定の作品について、みなさんに直接伝えたいことがあるそうで……。よろしいでしょうか」

列席者らが一様にうなずいた。映像と音声の通信がつながっている。李奈は頭をさげた。「お時間をいただきまして恐れいります。ええと、次の次に書く予定の小説ですが、題名を『神聖』といいまして……」

葛西編集長が応じた。「メールは拝見しましたよ。意欲的な物語ではないかと思います」

海野貴子副編集長は口をへの字に曲げていた。「角川文庫向きの内容かどうかは……。漢字二文字の題名も、文庫より単行本っぽいですよね。もっと売れそうな題名のほうがいい気がしますけど」

ほかの編集者もそれぞれに意見を告げてきた。みな簡単に所感を述べるに留まった。李奈は表情を観察していた。須永祥子というショートボブの女性編集者が、妙に落ち着きなく、絶えず周りに目を向ける。発言も短く終わらせた。もっともそれは環境のせいかもしれない。どこかのカフェにいるようだ。

須永祥子にくらべ、葛西編集長と野武要介のふたりは、特に冷静な態度をしめしている。社内の静かな場所にいるからだろう。背景はパーティションの白い壁で、李奈にとっても馴染《なじ》みのある、KADOKAWA社内の小会議室だとわかる。それぞれ別の個室にひとりでいるようだ。野武は売れっ子作家を多く抱えるやり手の編集者で、爽《さわ》やかな感じで清潔感もある。

野武がいった。「僕は面白い試みだと感じました。登場人物が四人に限定されているというのも、読みやすいし興味をそそられる。できあがった原稿を見てみたい気がしますね」

李奈は思わず笑顔になった。「ありがとうございます」

九分割された画面の隅、菊池が面白くなさそうに目を逸《そ》らした。李奈は気づかないふりをした。

『神聖』と題する新作案のプレゼンテーションは終わった。編集者らからねぎらいの言葉が寄せられた。挨拶《あいさつ》を交わしたのち、李奈はひとりオフラインになり、リモート会議から閉めだされた。

疲労感が押し寄せる。李奈はため息とともに机に突っ伏した。正直このリモート会議だけではなにもわからない。

あの会議室にはほかにも正社員がいた。ドワンゴの豊島取締役も同席していた。これからもなにかと理由をつけながら、会議室にいた面々との接触を図らねばならないのか。考えるだけでも嫌気がさしてくる。

李奈は身体を起こした。パソコンのわきには、プリントアウトした書類が置いてある。原稿ではなくプロットの束だ。表紙に『神聖』と印字してあった。

求めよ、さらば与えられん。マタイによる福音書、七章七節にはそうある。探せ、さすればみいだすであろう、そんなふうにつづく。幻の丸善版新約聖書。本当に見つかるときが来るのだろうか。すでに心の奥底から求めているのに。

14

翌日の正午すぎ、李奈は神楽坂駅前のファミリーレストランにいた。新潮社からは歩いてこられる距離になる。香川県高松市から帰ってきたばかりの寺島記者と、ボックス席で向かい合った。

寺島はコーヒーをスプーンで掻き混ぜながら、渋い顔でささやいてきた。「鴇巣社長の生家や、父親が働いていた神社にも行ってみたんだけどね。あまり人づきあいがなかったらしくて、目新しい情報は得られなかった」

李奈は視線を落とした。「そうですか……」

「ただエルネストの子会社が、鴇巣社長の生家近くにあってね。三階建ての社屋をかまえてる。田舎だから土地もそんなに高くないし、税金対策かと思ったが、エルネストが火の車になってからも維持してるみたいだ」

「なんの会社ですか」

「それが妙なんだよ。株式会社ディスポーザルといって、産業廃棄物処理を請け負っているといいながら、実際に受注して業務に着手してる気配はまったくない。それでもビル内には社員が常に数名いる」

「へえ。鴇巣社長のエルネスト社は、電気通信事業やIT関連を傘下に置く持株会社ですよね？　産業廃棄物処理なんて少し変わってますね」

「そのとおりだよ。トラックが数台あるだけで、それらしい処理施設ひとつ持っていない。なのに都内と茨城、静岡にも、それぞれ小さな支社がある。どれも事務所だけで、しかも本気とは思えない立地でね」

「どういう意味ですか」

「ええと」寺島はスマホの画面をタップした。「株式会社ディスポーザル。東京支社は巣鴨《すがも》一丁目。茨城支社、水戸《みと》市三《さん》の丸《まる》一丁目。静岡支社は市内の葵《あおい》区紺屋町《こうやまち》。どこも工場地帯じゃないし、産業廃棄物とは無縁だよ。ただ古い街並みがひろがってる地域だ」

なにかが胸の奥を刺激してくる。李奈は念を押した。「巣鴨に三の丸、紺屋町ですか……？」

「そうだよ」寺島はコーヒーを口に運びかけたが、李奈のようすに注意を引かれたのか、たずねる目を向けてきた。「気になることでも？」

李奈はハンドバッグからタブレット端末をとりだした。電子書籍リーダーを開く。いつの間にか大量の電子書籍を買いこんでいた。スクロールしても無限に表紙のサムネイルが現れる。

紙の本が好きだが、自室の書棚にはかぎりがある。参考ていどに買う本は電子にしようと思い、何冊か買ってみたところ、どんどん増えていった。

「あった」李奈は一冊の表紙をタップした。

寺島がきいた。「なんの本だい、それは？」

「『その後の慶喜』家近良樹《いえちかよしき》著、ちくま文庫刊」

「慶喜《よしのぶ》って……。徳川《とくがわ》慶喜か？」

「そうです。山岡荘八《やまおかそうはち》の歴史小説『徳川慶喜』を読んだとき、少しわからないことがあって、ガイドブック代わりに買いました」

「山岡荘八？　有名なのは『徳川家康』だよな。慶喜も書いてたのか」

「読んだことあります？」

「大学生のころ少しな。『織田信長』だったと思う。司馬遼太郎《しばりょうたろう》にくらべると、なんだか古めかしくて、淡泊な人物描写だ」

「登場人物の人間味なら司馬遼太郎のほうがありますよね。でも山岡荘八の神話っぽく芝居がかった感じも、小説として読むぶんには面白くて」李奈は『その後の慶喜』の本文を開いた。

　プロローグに〝彼の後半生をもっぱら解明しようと目指すのが本書に他ならない〟とある。つづく文章には〝後半生といっても、水戸へ下った当時の慶喜は数えでいまだ三十二歳の青年であり〟と綴《つづ》られていた。

〝紺屋町〟を本文検索にかけてみた。〝江戸開城後、小石川《こいしかわ》の水戸藩邸などに居住していた妻美賀子《みかこ》も静岡にやって来て、慶喜と同居するようになる（一一月三日、紺屋町の邸に入る）〟という文章のほか、いくつかの該当箇所が検出された。

　李奈はため息をついた。「株式会社ディスポーザルの支社は、どれも徳川慶喜が将軍職を退いたあと、長期滞在した場所のごく近くです」

「なに？」寺島が妙な顔になった。「ごく近くって、どれぐらい近いんだ？」

「水戸市三の丸一丁目には、慶喜が幼少期に教育を受けた弘道館《こうどうかん》があります。ここの至善堂《しぜんどう》で、のちに江戸を追われた慶喜が謹慎生活を始めました。静岡への移住後、謹慎が解けてからは紺屋町屋敷に移りました。上京後は巣鴨一丁目の梅屋敷《うめやしき》です」

「ちょっとまった」寺島が難しい顔になった。「『週刊新潮』で世間の揉《も》めごとを追いかけてる身としちゃ、日本史なんて記憶の彼方《かなた》だ。ええと、徳川慶喜っていえば十五代将軍、徳川幕府の最後の将軍だよな？」

「そうです。江戸城を無血で明け渡し、文明開化へと向かわせました。時代は明治に変わったんです」

「プライドのない男だよな。鳥羽伏見《とばふしみ》の戦いでも、自軍を見捨ててこっそり大坂城を脱出して、江戸に逃げ帰っちまった腰抜け。明治新政府軍に追い詰められたら、さっさと降伏。旧幕府軍を見殺し」

「それは司馬遼太郎の解釈ですよ……。山岡荘八の『徳川慶喜』では、欧米列強に植民地化されないよう、日本を近代化するため苦渋の決断に踏みきったとあります」

「そんな立派な話かねぇ。なんにせよ将軍じゃなくなった慶喜は、水戸や静岡で謹慎生活を送ったんだよな。謹慎が解けて上京してから、どうなったんだっけ」

「この本に詳しく書いてあります。題名からして『その後の慶喜』って本なので」

「江戸幕府が倒れたあと、慶喜が住んだ三か所に、鴇巣社長は産廃処理業の支社を作ったのか？　なんでまた？」

「さあ……。でも産廃処理業ってことは、業務の第一段階として環境調査をおこないますよね？」

「ああ、そうだな。特にディスポーザル社は、自社で処理施設を持ってないんだから、業務にしても事務手続きだけだろう。関連業者に手配する前段階として、まず現地の環境調査をおこなうが、それも書類仕事だ。地域のあれこれを調べるのには好都合だな」

「明治期の土地区画整理だとか、屋敷があった正確な位置だとか、環境調査を装えば役所の資料も閲覧請求しやすいでしょう。古い文献もあたれると思います」

「将軍職を退いた慶喜について調べてるってのか？　大々的な調査がめだたないよう、ダミー会社までこしらえて」

「鴇巣社長はその本社を東京でなく、自分の生家近くに構えたんですよね？　地元に住む気心の知れた友人らに、ディスポーザル社の運営をまかせてるのかも。よほど世間の目を避けたいんでしょう」

「ありうるな。外部に情報が漏れるのを懸念して、ごく親しい仲間うちに調査をまかせてるのか」寺島はコーヒーをすすった。「いったいなにを調べてる？　丸善版新約聖書と慶喜のあいだに、なにか関係があるのかな？」

李奈は『その後の慶喜』の本文に〝聖書〟で検索をかけてみた。結果は0件。〝キリスト教〟でも検索したが、やはり0件に終わった。

頭がくらくらしてくる。李奈は唸《うな》らざるをえなかった。「そもそも徳川慶喜がキリスト教と関わりがあったなんて、まるっきりきいたことがない……。実際この本にもいっさい載ってないし」

寺島が見つめてきた。「丸善版聖書が出版されたころ、慶喜は生きてたんだよな？」

「はい。慶喜は大正二年まで生きてたので、いちおう時代は重なってます……。でも接点なんかなさそう」

「慶喜に詳しい専門家なら、前に取材したことがある。その人にきいたほうが早いかもな」

「わたしも同行できますか？」

「俺は行かないよ」寺島は苦笑しながら、またコーヒーカップを口に運んだ。「紹介するから、きみひとりで行ってくれ」

「……いいんですか?」

「鴇巣社長によるきみへの脅迫だとか、幻の聖書を探させるとか、そこまでは面白かったんだけどね。徳川慶喜までいくと、なんだか社長の道楽にすぎないように思える。聖書にしたってそうかもな。羽振りがよかったころから、あれこれ古いものに関心があって、会社の経費で調べてたのかもしれない。歴史おたくや骨董《こっとう》品マニアと変わらない気がする」

「一兆二千億円の赤字を抱えて、なおディスポーザル社を存続させてるのに?」

寺島はコーヒーカップを宙に留《とど》めた。しばし考える素振りをみせたものの、やがて首を横に振った。「いや。なんだか散漫な話だ。鴇巣社長の気まぐれに振りまわされるばかりだよ。ひょっとしたら聖書や慶喜もカモフラージュかもしれない。なにかほかの不正に手を染めてて、そっちに気づかれないようにするための目くらましかもな」

「わたしも目くらましに利用されてるだけだとおっしゃるんですか?」

「その可能性もあるってだけだよ。気の毒だけど」寺島は腕時計を一瞥《いちべつ》すると、コーヒーカップを皿に戻した。「ほかにも追いかけなきゃいけないネタがある。ここはもちろん俺が奢《おご》るよ。なにか進展があったら知らせてくれ」

「慶喜の専門家というかたは……?」

「ああ。あとで連絡先をメールする」

この件について、寺島は露骨に興味を失いつつあるようだった。李奈は黙って頭をさげた。不安と孤独感に胸を掻《か》きむしられる。徳川慶喜。嫌がらせから逃れたいだけなのに、また謎が増えてしまった。ラノベ出身の新人作家には荷が重すぎる。五里霧中から抜けだせるときが来るのだろうか。

15

李奈は丸善の猪畑専務と、柚月教会の矢野牧師に電話してみた。どちらも予想どおり、徳川慶喜との接点など皆無、そう返答してきた。

慶喜がキリスト教に関心を寄せていたという記録はない。李奈は図書館で片っ端から本を漁《あさ》ったが、慶喜と聖書を結びつける事実など、まるっきり見えてこなかった。むしろ両者のあいだにはなんの関わりもない、そんな確信だけがどんどん深まっていく。

李奈はひどいストレスに襲われた。小説家が受けがちな嫌がらせなど、世間はたいしたことがないととらえる。だが当事者にしてみれば、まさに命を削られるに等しかった。受信メールやネット上の自著の評価が気になり、いつまでもパソコンやスマホをいじってしまう。ほとんど一睡もできない。数日ぶりに顔を合わせた優佳が驚きの声をあげた。やつれすぎ。だいじょうぶなの。優佳はそればかりを繰りかえした。

病院で点滴を打ってもらい、なんとか体力の回復にこぎつけた。丸善版聖書の在処《ありか》については、依然として情報が入ってこない。一方で徳川慶喜に関しても、すべてを理解しているとはいいがたかった。いまは調べられるところから調べるしかない。

寺島が紹介してくれた、溝村敏夫《みぞむらとしお》なる元大学教授は、李奈が相談するのにうってつけの人物だった。専門は幕末から明治史だが、かつての勤め先はキリスト教系の聖学院大学だという。

足立《あだち》区にある溝村の自宅を、李奈はひとり訪ねた。書棚に入りきらない本が、天井まで山積みになった書斎で、李奈は溝村と会った。

こめかみに白髪をわずかに残した溝村が、よたよたと部屋のなかをめぐっては、本を拾い集めていく。老眼鏡で拡大されたぎょろ目が、背表紙を丹念にたしかめる。溝村がつぶやいた。「幕末の本なら山ほどあるが、明治に入ってからの慶喜となると、研究者もかぎられてきてな。威仁《たけひと》親王に関する本はと……」

李奈は歩み寄った。「手伝いましょうか」

「触っちゃいかん！　これでもちゃんとどこになにがあるか、私なりに区分できとるんだ」

「へえ……。シャーロック・ホームズみたいですね」

「ホームズ？　ああ、大衆文学か」溝村が書斎をさまよいながらきいた。「小室泰六《こむろたいろく》という名を知っとるかな」

思わず苦笑が漏れる。李奈は答えた。「シャーロック・ホームズのことですよね。明治三十二年四月、毎日新聞で連載が始まった『緋色の研究』の、初めての日本語訳です」

「ほう。よく知っとるな」溝村のぎょろ目が李奈をとらえた。「当時は外国文学を翻訳する際、舞台を日本に置き換えておったからな。主人公も日本人になって、探偵の名が小室泰六。題名はたしか『血染の壁』。ワトソンは、ええと……」

「和田進一《わだしんいち》です。アフガニスタン戦争ではなく日清《にっしん》戦争帰りの軍医でした」

「そうだった。後世の歴史家というのは、定説にとらわれがちでな。『血染の壁』も、それより三か月も後にでた『不思議の探偵』のほうが、シャーロック・ホームズの初翻訳だと思われとる」

『『シャーロック・ホームズの冒険』の翻訳版ですよね。訳者が著名な作家、南陽外《なんようがい》史《し》だったことも影響しているでしょう」

「きみは知識が豊富だな。どこの大学をでた？」

「いえ……。口にするほどのところでは」

「謙遜《けんそん》だろう。きみのような学生がいれば教え甲斐《がい》があった」

「どうも……」李奈は言葉を濁した。Ｆラン大学卒なのは紛れもない事実だった。

「さて」溝村は重ねた本を丸テーブルの上に置いた。「これらを貸してあげよう。慶喜の弘道館至善堂や紺屋町屋敷、巣鴨の梅屋敷での生活については、すべて理解できる」

「ありがとうございます。……あのう、それらのなかにキリスト教や聖書との関わりは……」

「ないない」溝村はテーブルの近くの椅子に腰掛けた。李奈にも座るよう手でしめし、溝村が唸《うな》るような声でいった。「慶喜は将軍を辞めてから、本来の自分の宗教である神道へと戻った。だから谷中《やなか》にある慶喜の墓は神道式だ。キリスト教の成分なんて、これっぽっちも入っとらん」

「やっぱりそうですか」李奈は向かいの椅子に浅く座った。「でも慶喜は新しいもの好きで、明治維新後は西洋の趣味に親しんでいましたよね？　そのなかでキリスト教に触れることはなかったんでしょうか」

「慶喜は子だくさんだったから、子孫も大勢おる。私はその大半と知り合いでな。なんなら紹介してあげよう。みんな同じことをいうはずだ。静岡に住んでたとき、慶喜は自転車を乗りまわし、カメラを手に写真撮影にも夢中だったが、キリスト教とか聖書に関心を持つ機会はなかった」

「将軍職にあったころに、啓蒙《けいもう》家の西周《にしあまね》からフランス語を習いましたよね？　そのとき教本に聖書か、それに近い書物が使われた可能性はないんでしょうか」

「ないな。慶喜が初歩のフランス語を学ぶために使った教本は、まだ徳川家に受け継がれとる。そのうち慶喜は忙しくなり、語学の勉強を投げだしてしまった。フランス語訳の聖書を読みこなせたとも思えん。慶喜は油絵も嗜《たしな》んだが、そこにも宗教画の影響は微塵《みじん》も感じられん」

「丸善との関わりはどうですか」

「なに？」溝村がぎょろ目を剝《む》いた。「丸善？　書店のか？」

「ええ。明治二年に創業し、ほどなく出版を始めました。そのなかで明治十三年に新約聖書をだしてるんです。ヘボンの明治元訳聖書とは別に」

「そこに慶喜が関わってるかもしれんと？　ないな！　明治十三年といえば、慶喜がかつての将軍時代と同じ、官位正二位を回復できた年だ」

「あー」李奈は山岡荘八の『徳川慶喜』で読んだ内容を思いだした。「江戸城を追われてから、ずっと無位無官だった慶喜が、そのころ官位を取り戻したんですよね」

「そう。最初は明治五年に従四位に叙された。明治二十一年には公爵相当の従一位となった。ふたたび栄光の座に就いたのに、一介の書店の出版に関わるはずもなかろう。まして生涯無縁の聖書の翻訳などに」

ふと疑問が頭をかすめる。李奈は溝村にきいた。「なぜ慶喜は官位を回復できたんでしょうか」

「なぜ？　それはもちろん、かつて幕臣だった勝海舟《かつかいしゅう》が、慶喜の名誉回復のため奔走し……」

「でも勝海舟は慶喜とそりが合わなかったんですよね？　謹慎が明けても慶喜が上京できないよう、静岡に留《とど》めようとしたって、渋沢栄一《しぶさわえいいち》が証言してます」

「なんだ。きみは思いのほか、基本的なことを知らんな。勝海舟は貧乏旗本から幕閣に取り立てられた。そこに恩義を感じ、将軍家には同情的で、慶喜に対しても器の大きなところを見せたんだ」

「ええ、本にもそう書いてありますよね。でもそれなら渋沢栄一の証言はなんだったんでしょう?」

徳川幕府最後の将軍、慶喜。ざっくばらんな性格で、将軍職のころから、伝統や格式を嫌っていたとされる。武士の魂なるものを前にしても、その性格は変わらなかった。幕府が追い詰められてくると、みずから開国へと動きだした。江戸城に攻めこまれそうになったら、あっさりと明け渡した。これを薄情ととるか、先見の明があったととるかは、人によって分かれる。

明治政府の成立後、慶喜は謹慎を余儀なくされ、西洋の趣味に明け暮れた。銃猟や鷹狩《たかがり》、ビリヤード。刺繍《ししゅう》にまで興味をしめしている。汽車が走れば真っ先に乗り、写真を撮り、コーヒーを味わった。上京後も自家製アイスクリームを知人に振る舞い、蓄音機で音楽を鑑賞した。そういう生きざまも、道楽者と見る向きもあれば、時代の先駆者と評価する向きもある。

そんな悠々自適の生活を送っているうちに、官位回復に恵まれ、晩年には公爵に叙せられている。別家を興した慶喜は、男爵になるのがふつうだが、これは特例措置とされた。公爵に列したおかげで貴族院議員にもなれた。

西郷隆盛《さいごうたかもり》は慶喜について、決断力に欠けるといった。渋沢栄一は、慶喜が各方面から非難を受けながらも、言いわけしない立派な人物と評した。

本当はどんな性格だったのだろう。幕府が新政府軍と戦っているころ、将軍職の慶喜のもとには、ふたりの有力な側近がいた。ひとりは徹底抗戦を主張する小栗忠順《おぐりただまさ》。もうひとりが早期停戦を求める勝海舟だった。結局、慶喜は勝海舟の願いをききいれ、江戸城を新政府軍に明け渡し、幕府は終焉《しゅうえん》に至った。明治維新のさなか、小栗忠順は斬首されてしまった。勝海舟のほうは伯爵に叙せられた。

その勝海舟は、明治政府のため働くにあたり、慶喜の名誉を取り戻すことを条件として突きつけた。かつて幕臣だった勝海舟は、明治維新後も徳川家への誠意を忘れなかった。慶喜との友情を貫いた……と時代小説に書いてある。

しかし李奈は『徳川慶喜』や『その後の慶喜』を読んだときから、どうも腑《ふ》に落ちなかった。本当に誠意と友情だけが理由だったのだろうか。

李奈は溝村にいった。「慶喜と勝海舟はふたりとも開国派でした。でも慶喜は開国後も、徳川将軍家が諸侯として国を仕切るべきだと考えた。勝海舟は西洋式の政府に完全移行するべきという意向でした」

溝村がうなずいた。「ふたりの理想には微妙なずれがあった。それはたしかだ」

「慶喜は長州《ちょうしゅう》藩との停戦交渉役に、勝海舟を派遣したにもかかわらず、交渉が実るより早く、天皇から休戦の詔勅を引きだしたんですよね？　結果的に長州藩をだますかたちになったため、勝海舟は激怒したとか」

「それを勝海舟は根に持つはずだと？　女の子にはわからんかもしれんな。武士の友情はもっと奥深い。勝海舟は慶喜を守るため、新政府軍の西郷隆盛を説得したんだぞ。それが平和的な江戸城明け渡しにつながった」

「じつは揺るぎない友情で結ばれてたってことですか？　ずっと後になっても、慶喜の官位を回復させるほどに」

「何度も意見が対立し、どれだけ慶喜から嫌われようとも、勝海舟は主君に尽くそうとしたんだよ。のちに勝海舟は、亡き長男が遺《のこ》した娘のため、慶喜の末子を婿養子に迎えたいと申しでた。慶喜も了承し、それを機にふたりは和解した」

「明治二十五年のことですよね？　ずっと前の明治十年代前半に、なぜ勝海舟は慶喜の官位回復を後押しする気になったんでしょうか」

「ずいぶんそこにこだわるな。いったいなにがそんなに受けいれられないんだね？」

「すみません。執着しすぎました」李奈は静かに応じた。「でも小説家として、慶喜と勝海舟を題材にするなら、官位回復のくだりだけうまく書けないと思うんです。内面を描写するにあたり、そこだけ不自然になるというか」

「……ほう。ふたりの心理が納得いかないと」

「慶喜のほうはもちろん官位回復に前向きだったでしょう。でも勝海舟は……。かつての主君に報いるためだとしても、むやみに権威を取り戻させたのでは、また裏切られかねません。謹慎が明けたにもかかわらず、慶喜が静岡からでないよう画策したのも、勝海舟に警戒心があったからじゃないかと」

「なるほど。かつてのわがままな将軍職を彷彿《ほうふつ》させる官位に、慶喜を回復させようとすること自体、当時の勝海舟の心理としてありえないか」

「はい。小説として書くなら、勝海舟が孫娘を慶喜の末子と結婚させた、そのくだりのほうが先でしょう。それを機にふたりが打ち解けて、過去のわだかまりを捨て、慶喜の官位回復が果たされハッピーエンド……」

「ああ。物語ならそっちのほうが自然かもしれん。しかし事実は小説より奇なりだ」

「そうはいっても、勝海舟が早々と慶喜の官位回復のために動くには、なにかきっかけがないと。明治政府に大きなメリットがあるなにかを、慶喜が提供したとか」

　老眼鏡のなかのぎょろ目が、李奈をまじまじと見つめる。溝村は笑いだした。「いまの若い子はそんなふうに考えるんだな。むかしの偉人はかならずしも損得勘定で動かなかったんだよ」

「そうでしょうか……」

「そうとも」溝村は目を細めながらうなずいた。「さっきもいったように、慶喜が将軍時代と同じ、官位正二位を改めて与えられたのは、明治十三年のことだ。きみが気にする丸善版聖書とやらがでたのと同年なんだな？　慶喜が丸善に聖書の翻訳依頼をしたとでも？　それで官位を認められたとか？」

どちらもまったくありえない話だった。慶喜に丸善やキリスト教との接点がないばかりではない。明治十三年においては、聖書の翻訳版の出版が、官位に値するほどの貢献とみなされたとは思えない。しかもヘボンらが王道となる明治元訳聖書を完成させた年だ。教会にも見放された聖書には、もはや古書としての価値すらない。

溝村が老眼鏡の眉間《みけん》を指先で押さえた。「なんにせよ、明治に入ってからの慶喜について、関心を持つ若者が増えるのは嬉《うれ》しいことだ」

「恐れいります……」

「そういえば少し前にも、とある団体が訪ねてきた際、慶喜の半生について根掘り葉掘りきこうとしてきてな。これらの本を貸そうとしたら、もう読んだといって立ち去ったが」

鈍い感触が李奈のなかを駆け抜けた。緊張とともに李奈はきいた。「会社名を明かしましたか。エルネスト、家来樹《カラージュ》、ディスポーザルのどれかですか」

「いや。社名は口にしなかった」溝村は真顔になった。「変わっとるよ。顎髭《あごひげ》の男がリーダー格の、一見ガラの悪い連中でな。でもじつはすなおで勤勉らしく、歴史に興味があるといってね」

16

日比谷《ひびや》図書文化館は、日比谷公園の敷地内にある三角形のビルで、内部はミュージアムと図書館からなる。図書館スペースは平日の午前中だけに空《す》いていた。

書架が連なるフロアの窓際、四人掛けのテーブル席に、李奈はひとり座っていた。溝村元教授から借りた本だけでなく、この図書館で掻《か》き集めた研究書を並べるには、これだけの大きさのテーブルが必要だった。のみならず作成してきた数枚綴《つづ》りの書類が十数点、テーブルの上にあふれかえっている。どれも見出しが目につくようにあちこちに配置した。これからおこなうことの効率を高められる。

本については新約聖書関連を左手に積んだ。徳川慶喜関連は右手。その中間はといえば、一冊の本もない谷間ができている。あいにく聖書と慶喜を結びつける書物は、日比谷の図書館といえど、まったく見つからなかった。慶喜について書かれた本に、聖書やキリスト教という言葉は皆無だし、逆もまたしかりだった。聖書に関する本は、明治時代の布教に触れてはいても、慶喜という名の記載はなかった。

慶喜と丸善の関わりをしめす証拠もゼロ。ここまで来たら、まるでつながりがないと考えるのが妥当だろう。すべては寺島記者のいうように、鴇巣社長の気まぐれにすぎないのだろうか。

真意は本人にたずねたほうが早い。李奈の情報が先方に筒抜けのいま、こんな場所にいて、鴇巣が気づかないはずがなかった。事実、館内の静寂のなかを、四つの人影がこちらに向かってくる。李奈は書物から顔をあげずにまった。

テーブルをはさんだ向かいの椅子を引き、白髪頭のスーツが腰を下ろした。「邪魔して悪いが」

李奈は視線をあげた。鴇巣は斜めに着席していた。冷やかなまなざしが李奈に投げかけられている。

ため息とともに李奈は本を閉じた。「様子見なら家来樹《カラージュ》の樋爪さんを寄越してくれれば充分でしょう」

鴇巣には連れがいた。ふたりの中年男性が後ろに立っている。いずれも会社員風だが目が据わっていた。鴇巣がふたりを指ししめした。「紹介する。いかついほうの男は常務の福津《ふくつ》。口髭《くちひげ》は鵜瀬《うぜ》。こう見えてふたりとも、うちのまともな取締役でね」

「逮捕されたKADOKAWAの宮宇《みやう》元編集長にくらべれば、ずっとカタギっぽいです」

「おい。今年それをいうのは洒落《しゃれ》にならん。怒られるぞ」

「わたしを心配してくださるんですか」

「まあな。聖書のほうに進展がなさそうなので、直接会って状況をたずねたかった」

少し離れた場所にレディススーツがひとりたたずんでいる。家来樹の柏原蘭子だった。きょうは髪を後ろでまとめていた。エルネストの重役陣に同伴するボディガードが、女性ひとりとは考えにくい。おそらく樋爪たちは建物のすぐ外にいるのだろう。蘭子と目が合った。李奈は頭をさげなかった。蘭子はどこか暗い顔で視線を逸《そ》らした。

鴇巣社長がテーブルから一冊の本をとりあげた。「徳川慶喜について調べてるのか」

李奈は油断なく応じた。「興味があったので」

「丸善版聖書となにか関係があるのか」

「さあ。ご存じじゃないんですか」

「私はきみに、丸善版聖書についての研究本の執筆を依頼した。脇目を振れとはいってないが」

「新潮社のプレスリリースのとおり、わたしは自発的に丸善版聖書を調べる気になりました。誰の指示を受けたわけでもありません」

「丸善版聖書を追いかけて、慶喜と接点があったのか？　ちがうだろう。『週刊新潮』の寺島記者が私の地元を調べ、株式会社ディスポーザルの支店の場所から、慶喜を調査してると判断した」

「なんのことだか」

「きみはずいぶん肝が据わるようになったな。しかし小説のようにはいかんよ」

「どういう意味ですか」

鴇巣は身を乗りだし、低い声でささやいた。「小説なら脅迫者であっても会話を重視する。いつまでもダラダラと言葉を交わしてくれる。現実はそうじゃない。理不尽であってもいきなり手荒な真似もありうる」

内心びくつきながらも李奈は平静を装った。内面を見透かされているかもしれないが、いっこうにかまわない。震える声で李奈はいった。「ここは図書館ですよ」

「そうだ。だから静かにしなくてはな。慶喜のほうは忘れろ。聖書に集中していればいい」

「あなたはなぜ慶喜のことを調べておられるんですか」

「きみは新潮社の記者ともども誤解している。私は慶喜なんぞに関心がない。きみも早く聖書ぐらい見つけろ。研究本を執筆する暇がなくなるぞ」

「見つからなかったら研究本を永久に書かないだけです」

「嫌がらせも永久につづくかもな。そのうち小説家として立ちゆかなくなる」鴇巣はひと束の書類を手にとった。いちばん上の紙に『神聖』と題名が印字されている。鼻を鳴らし鴇巣がつぶやいた。「次の次に角川文庫でだしたいと思ってる新作だな」

恐ろしく目ざとい人間だった。李奈は心拍の速まりを自覚した。「なぜご存じなんですか」

「なんでもお見通しだ」鴇巣は表紙をめくり、数枚のプロットに視線を走らせた。内容を理解したらしく、鴇巣はうなずいた。「舞台は明治。聖書をめぐるミステリーか。こういう小説に取りかかれば、版元の編集者が資料集めを手伝ってくれると？」

「あいにくわたしのような駆けだしには、担当編集者もそんなに力を割いてくれません」

「それでもKADOKAWAの支援を期待してるからこそ、編集長や副編集長らのリモート会議で、この新作案を売りこんだんだろ？　出版社の常識的なリサーチでは、丸善版新約聖書が見つかることなどありえない。私たちもさんざん手を尽くしたからな。ほかの方法を探せ」

「そんなにいろいろご存じなら、わたしみたいなフリーランスに見つけられないこともおわかりでしょう」

「いいや。私からきみへの期待は日々高まっている。警察の捜査では突きとめられなかった真相を暴くこと六回、たいしたもんだ。七回目は私の要望に応《こた》えてくれることだろう」

「勝手ですね」

「いまは腹立たしく思えるかもしれんが」鴇巣が腰を浮かせた。「研究本を書くころになったら、すべて腑《ふ》に落ちる」

鴇巣は踵《きびす》をかえし立ち去っていった。福津と鵜瀬、ふたりの取締役も李奈を一瞥《いちべつ》したのち、社長の鴇巣に歩調を合わせた。

蘭子はひとり歩み寄ってきた。咎《とが》めるような目に、なぜか同情に似たいろが垣間見《かいまみ》える。小声で蘭子が告げてきた。「鴇巣社長の指示どおりにして」

不安で涙が滲《にじ》みそうになるのを、李奈は必死に堪《こら》えた。「いずれ納得するっておっしゃいましたよね。どういう意味なんですか」

「……とにかく聖書を探して。ほかのことは穿鑿《せんさく》しないで」

それだけいうと蘭子は背を向け、鴇巣ら三人を追っていった。

李奈はひとりテーブルに取り残された。どっと疲れを感じ、両手で顔を覆いながら突っ伏した。

ほどなく落ち着きを取り戻し、深くため息を漏らす。ゆっくりと視線をあげた。虚空を眺めながら李奈は思った。丸善版聖書の在処《ありか》はわからない。慶喜との関係も、鴇巣社長の意図も謎だ。けれどもきょうここで、重要なことがわかった。

17

午後四時すぎ、李奈は優佳とともにKADOKAWA富士見ビルに来ていた。三階には大小の会議室が連なる。

先日のリモート会議では、葛西編集長と野武要介のふたりが、それぞれ小会議室を用いていた。案内を派遣社員の亜衣にまかせ、李奈と優佳は小会議室Dを訪ねた。

六畳ほどの狭い室内は殺風景で、四人掛けのテーブルと椅子だけがある。ほかに設備は内線電話とコンセントぐらいだった。壁はパーティションによる間仕切りだが、ふつうに喋《しゃべ》るぶんには、それなりに防音効果がある。リモート会議での発言を、隣の個室できかれることは、まずないと考えられた。

李奈は携えてきたカバンをテーブルに載せた。「パーティションの継ぎ目からして、こっちの壁が背景になってた。葛西編集長が座ってたのはこの席。テーブルにノートパソコンを置いて、Ｚｏｏｍでリモート会議に参加してた」

亜衣がうなずいた。「当日の会議室の利用者を見ると、葛西編集長がこの小会議室D、野武さんはふたつ隣の会議室Fだったようです」

「ほかの参加者は社外からの参加でしたけど、どこにいたかわかりますか？」

「さあ。きけば答えてくれるとは思いますけど、出先をめぐってる最中にリモート会議の時間になり、モバイルパソコンを開いたと思うので……」

優佳が首を横に振った。「正直に答えるかどうかわからないよ？　背景だって合成かもしれないし」

李奈は考えを口にした。「それはないと思う。九分割の画面のどれも自然な背景だったし。須永祥子さんはどっかのカフェにいたみたいだけど」

亜衣が内線電話に手を伸ばしかけた。「須永さんならいま編集部にいますよ。呼びますか？」

「まだそこまでは」李奈はため息をつき、カバンのなかをまさぐった。『神聖』のプロットの束をとりだし、テーブルに置きながら李奈はつぶやいた。「鴇巣社長はリモート会議を知ってた。わたしがこの新作を提案したことも」

「マジで？」優佳が眉《まゆ》をひそめた。「気持ち悪いよね。ネットって傍受できるの？」

「そんな凝ったことをしなくても、外でリモート会議に参加してる人のそばにいて、聞き耳を立ててればわかるでしょう」

「あー、そうだね。カフェで近くの席から見張ってたのかもしれないし」

「ただ、どうもね……。ありえなくはないけど、わたしの担当でもない編集者まで尾行する？」

「なら」優佳は妙に顔を輝かせた。「尾行されたのは菊池さんとか？　呑気《のんき》に外をぶらついてて、監視されてたのに気づかなかったとか」

「リモート会議だけは尾行で判明しても、わたしの現住所だとか、これまでに関わった事件だとか、小笠原莉子さんが来てくれた会議室での話し合いとか……。いろんな内情はわからないはずでしょ？」

「だよね」優佳は真顔に戻った。「やっぱ編集者のなかに内通者がいる?」

「そこはもうはっきりしてる」

「はっきり……? 内通者がわかったの?」

「ええ。証拠もあるし」

優佳と亜衣は揃っていろめき立った。驚きをあらわに優佳が声を張った。「証拠って! 百パーセントまちがいなしってことだよね。誰なの? 菊池さん?」

そうだったら嬉《うれ》しいといわんばかりの優佳の顔に、李奈は思わず苦笑した。カバンを開け、中身をとりだしつつ李奈はいった。「まあこの書類を見てよ」

どれも李奈がプリントアウトした書類の束、一部につき数枚ずつの綴《つづ》りを、テーブルの上に並べていく。

レイアウトは文書ごとに異なっていた。新作案『神聖』は、表紙に題名を大書し、本文は二枚目以降になる。別の書類は表紙がなく、一行目に見出しをゴシック体で掲げ、二行目以下から本文が始まっていた。横書きもあれば縦書きもある。題名のみ日本語で、本文は英語に翻訳した書面も交ざっていた。

優佳がそれを手にとり、意外そうにたずねてきた。「李奈、英語も得意だったんだっけ?」

「いいえ。それは日本語を自動翻訳にかけただけ。ネイティブの人が読んだら不自然な文章だろうけど、べつにかまわないの。題名の日本語だけあれば」

「題名って……。この『新政』ってやつ？　これなんの文書なの？」

「ほかの書類も見て。なにか気づかない？」

「……『文学理論のメソッドについて』とか『次期シリーズプロット案』とか、『雨宮の優雅で怠惰な生活3』とか、長い見出しの文書もあるけど、半分ぐらいは漢字二文字の題名だよね。レイアウトや文字の大きさはバラバラだけど」

「いいとこに目をつけた」

亜衣が口もとに手をやった。「まってください。この題名は『信誠』で、こっちは『申請』ですよね。ほかにも『新生』とか『真清』とか……」

優佳が目を瞠《みは》った。「ほんとだ！　どれもシンセイって読む題名ばっかり」

李奈はそれらシンセイの書類だけを集め、一列に並べた。「『真性』『新世』『心性』『新声』。シンセイと読める題名が九つ。ほかに『神聖』を加えて合計十個」

「あー、ひょっとして……」優佳は納得げにささやいた。「編集者ごとにちがう題名を送っといた？」

「当たり」李奈はいった。「リモート会議の前に、九人の参加者全員にメールしておいたの。葛西編集長には『新世』。海野副編集長には『信誠』。菊池さんには『申請』……。それぞれに題名どおりの簡単なあらすじを作って、プロットにして添えた」

「なるほど！　リモート会議ではみんな自分の認識してるシンセイだと思う。あとで鴇巣社長が、どのシンセイだと解釈してるかで、誰が情報を流出させたかわかるよね」

亜衣が当惑ぎみに疑問を呈した。「でもリモート会議で互いに話し合ううち、プロットのちがいに気づきませんか？」

李奈は否定した。「そこはだいじょうぶです。事前のメールに追記しておきましたから。まだプロットの結末を読んでいない方もおられると思いますので、会議の席上では、物語への言及は伏せてくださいって。可否や簡単な感想だけを求めたんです」

「で」優佳が見つめてきた。「その後、鴇巣社長に会った？」

「わたしは日比谷の図書館で、これらの書類をテーブル上にひろげておいた。鴇巣社長か家来樹が接触してくることはわかってたから」

散らかっているだけに見せて、実際にはシンセイという漢字二文字の題名と、長文の題名の文書が適度に交ざりあうよう、慎重に配置した。レイアウトはすべてバラバラなのだから、隣りあった文書がどちらもシンセイにならなければ充分だろう、李奈はそう考えた。

鴇巣か樋爪か、どちらがアプローチしてくるにしても、情報がすでに頭にあればそれしか目に入らない。テーブルをざっと眺め、くだんの二文字だけに注意を喚起される。ほかの文書に同じ読みの二字熟語があることまでは、おそらく意識に上らないだろう。最初から事前情報と合致する表記のみを探しているからだ。

李奈は『神聖』の文書をとりあげた。「鴇巣社長が目をとめたのはこれ。新作案だときめつけてた」

優佳がきいた。「『神聖』の題名は九人の誰にメールしといたの?」

「誰にも。リモート会議の編集者九人にメールしたのは、この『神聖』以外」

「ってことは……」

「内通者は九人のなかにはいなかった。でもリモート会議があったことも、話し合われた内容も知ってた」

「でも」優佳は不思議そうな顔になった。「事前に李奈からのメールを受けとった人以外が内通者なら、たとえ会話に聞き耳を立ててたとしても、シンセイってのがどんな漢字かわからないはずでしょ?」

「そう。鴇巣社長にはシンセイという読み方だけが伝わった。図書館を訪ねた鴇巣社長の頭には、ずっと聖書探しという宿題がある。そのせいで文書をじっくり見るまでもなく、『神聖』という表記に目を引かれた。これがシンセイかと解釈した」

「なるほど。漢字を知る九人以外から情報を得たからこそ、『神聖』が李奈の新作案と信じて疑わなかったのかもしれない、そういう話ね。だけど誰がどこで聞き耳を立ててたの？」

李奈はカバンのなかから、透明なポリ袋に包まれた小物をとりだし、テーブルに転がした。三個口のタコ足プラグ。亜衣がぎょっとする反応をしめした。

「東崎亜衣さん」李奈は冷静な声を響かせた。「わたしがきょう会議室フロアを訪ねるときいて、あわててこれを外しましたよね。この部屋のコンセントから」

優佳が驚愕《きょうがく》のまなざしを亜衣に向けた。にわかに亜衣の目が泳ぎだした。表情が尋常でないほどこわばっている。

「……なにが？」亜衣はうわずった声で李奈にたずねかえした。「なんの話なんですか」

「じつはわたし、二時には会社に着いてたんです。編集部に向かう前に、この会議室フロアをまわって、ここが葛西編集長のいた部屋だと気づきました。コンセントにこれが挿してあった。だからいったん会社をでて、秋葉原《あきはばら》で同じ物を買ってきたんです」

「秋葉原って」亜衣がぎこちない笑顔に転じた。「こんな物、そのへんのコンビニでも買えるでしょう」

「いえ。〝B〟ってシールがついてるでしょう。399・455メガヘルツの盗聴器。ずっとコンセントから電源をとりつづける厄介なしろもの」

「なんでそんなこと知ってるんですか？　杉浦さんこそ怪しいですよ」

「知ってたのは小笠原莉子さんが鑑定したから。同じ物が白金《しろがね》の櫻木沙友理さんのお屋敷にもあった。日本月虹社《にほんげっこうしゃ》の編集者が、櫻木さんの原稿ほしさに、ホームセキュリティのテンキーの音をきこうとしたの。留守中に忍びこんで原稿を盗むために」

「とっくに解決済みの事件じゃないですか。菊池さんからききましたよ。編集者は逮捕されたんですよね？」

「あの当時から疑問だったんです。櫻木さんのお屋敷のハウスクリーニング中に、つなぎを着た誰かが侵入して、盗聴器を仕掛けた。テンキーの音で暗証番号を知り、まんまと侵入を果たした。一介の編集者による発案にしては、やり方が巧妙すぎる。プロの調査会社さながらだって」

「わたしになんの関係が……？」

「調査会社の人ですよね？」李奈は亜衣から目を離さなかった。「それも探偵業法に違反するようなやり方を厭《いと》わない会社でしょう。出版社向けの派遣社員を装っていればこそ、日本月虹社の編集者からの依頼に対し、難なく対処法を提案できましたよね？」

「ちょっと。わたしがやったっていうの？」

「前は派遣先も爽籟社と掛け持ちだったでしょう。櫻木さんの版元の」

「証拠があるとかいってましたよね？　このプラグがそう？　いったいなにを証明できるの？」

「あなたは日本月虹社の編集者に、原稿の盗み方だけを指導した。実際に櫻木さんのお屋敷に侵入したのは、あなたじゃなく編集者だった。編集者が依頼料をけちったか、あなたが住居侵入罪を嫌がったかのどちらかでしょう」

「決めつけばっかり。どこに証拠があるっていうの？」

「このプラグです。当時も小笠原莉子さんが指紋検出薬を使い、編集者の指紋を見つけた。プラスチック製の滑らかな表面には油脂が残りやすいんです。着脱時に力をこめるプラグならなおさら。さっき神楽坂に行ってきました。ここから近いので」

「神楽坂？」

「小笠原さんの仕事場です。検出した指紋を撮影しときました。あなたが回収したプラグは、わたしが秋葉原で買った別物です。ここに挿してからまた外にでて、編集部に電話をいれ、会議室フロアを案内してほしいと頼みました。東崎亜衣さん、拇印《ぼいん》をいただけますか」

室内の空気は冷えきっていた。優佳が怯《おび》えた顔で後ずさり、亜衣と距離を置く。亜衣は瞼《まぶた》や頰筋《きょうきん》を痙攣《けいれん》させつつ、ただ無言を貫いていた。

ふいに亜衣が身を翻し逃走した。ドアを開け放ち、外に駆けだそうとする。ところがそのとき、ドアがなにかにぶつかったらしく、半開きに留《とど》まった。鈍い音が響いた。「痛《いて》て」菊池が手で額を押さえながら、のっそりと姿を現した。亜衣は菊池に立ちふさがれ、退室を果たせなかった。愕然《がくぜん》とした面持ちの亜衣が、ふらふらと部屋のなかに戻った。

フリーランスの作家風情が、KADOKAWAの社屋に自由に出入りしたり、社内を闊歩《かっぽ》したりはできない。菊池に声をかけておき、ドアの外の見張りを頼んであった。とはいえなんとも頼りない。内通者が屈強な男性だったら、菊池は廊下に弾《はじ》き飛ばされたか、そもそもとっくに編集部に逃げ帰っていたかもしれない。

亜衣が暗い表情でうつむく。李奈は椅子のひとつを引いた。座るよう目でうながす。

亜衣は黙って腰掛けた。あたかも取調室のように、ひとり着席する容疑者を、ほかの三人が刑事のごとく囲んだ。

刑事となれば問いかけることも自然にきまってくる。李奈は亜衣にきいた。「なぜこんなことを……?」

ため息とともに亜衣が応じた。「世のなかにはもっと変わった仕事がいろいろあるでしょ。酪農代行。池に落ちたゴルフボールを拾う専門のダイバー。ひよこ鑑定士。謝罪代行。レゴマスタービルダー」

菊池が妙な顔になった。「レゴマスタービルダーって?」

李奈はいった。「チャールズ・バクスターの長編『初めの光が』にでてきました。レゴ社から正式に認定された、プロのレゴブロックアーティストです」

亜衣が失意のいろとともにつぶやいた。「調査会社の社員が派遣先に長く潜伏して、その職種に馴染《なじ》むことで、業界に通じる。わたしのそんな仕事は、そう変わってるうちに入らない」

李奈は亜衣の向かいに座った。「ただの仕事だったとおっしゃるんですか」

「わたしたちの世代は就職も厳しい。調査会社なんて胡散臭《うさんくさ》い職場にようやく入れても、経営自体が四苦八苦。だんだん違法性の高い依頼も受けるようになってきた。あなたのいったとおり、日本月虹社の編集者からの依頼もそう。櫻木沙友理の本をだしてた爽籟社でも、わたし働いてたし」

「違法性の高さは認識してたんですね」

「固定給だけじゃ家賃もスマホ代も払えない。歩合を受けとるには、いわれた仕事をしなきゃいけないっていわれた」

菊池が苦言を呈した。「うちからの給料も受けとってるはずだぞ」

亜衣は苦笑した。「派遣の給料がどれだけ安いか、正社員さんにわかります？　食費がいくらかまかなえるだけ。歩合をもらえなかった月末は、ご飯をおかゆにして量を増やして、空腹をごまかさなきゃいけない」

売れない小説家には日常茶飯事の自炊方法だった。李奈はささやいた。「お気持ちはわかりますけど、犯罪は犯罪ですから」

すると亜衣が見かえしてきた。「なぜ盗聴器だと気づいたの？」

いつしかタメ口で話しかけてくる。それでも李奈は丁寧語を貫いた。「小笠原莉子さんが来た会議室での会話も、すべて鴇巣社長に筒抜けでした。社内の盗聴を疑って当然です」

亜衣がため息まじりにいった。「頭いいんだね。知ってる？　編集部はあなたの噂で持ちきりだった。だから過去の事件についても根掘り葉掘りきけた。わたしはそのたび感心してた。オリンピックがらみもあなたが暴いた？」

「いいえ。オリンピックのロゴが入ったKADOKAWAの封筒が、やたら手が切れるってことしか知りません」

「あれは迷惑だったよね」亜衣の視線が落ちた。「社内のみんなが厄介ごとに気づいてても、あえて口にしない風潮ってあるでしょ。そんな会社は入りこみやすい。いままでは好き勝手できてた。杉浦さんが信頼を得るまでは」

菊池が唸《うな》った。「警察に電話しよう。会社としても通報を控えるわけにいかない」

亜衣はびくつくように身を小さくした。だが李奈のなかには迷いが生じていた。阿佐谷の現住所を家来樹《カラージュ》に教えたのも亜衣だろう。編集部にいれば宅配便の送り先を目にできるからだ。内通者が警察に捕まれば、当面は嫌がらせもやむかもしれない。しかし諸悪の根源は罰せられないままだ。鴇巣の意図も見抜けない。ほかの方法で李奈を脅してくるかもしれないし、そうでなくても別の誰かが新たな被害者になってしまう。そんな事態は避けたい。

李奈は亜衣を見つめた。「どこの調査会社なんですか」

「きいてどうするの」

「わたしに関すること以外にも、鴇巣社長からいろいろ調査を請け負ってるんじゃないんですか。あなた以外の社員が」

「だとしたらなに？」

「それらについて教えてくれれば、いずれ警察に通報するとしても、便宜を図れるかもしれません」

亜衣の顔があがった。猜疑心《さいぎしん》に満ちた目で亜衣が見かえしてくる。「交換条件なの？」

菊池が横槍《よこやり》をいれてきた。「杉浦さん、そいつはよくない。さっさと警察に突きだしたほうがいい」

優佳が菊池を制した。「いいから。ひとまず李奈にまかせましょうよ」

しばし沈黙が生じた。亜衣がじっと李奈を見つめてきた。「調査会社の内情を知ろうって？　危なくない？」

「フリーランスはどうせ今後も、身ひとつでやっていかなきゃいけません。今度みたいに集団から脅しを受けても……。揺るぎなく自分を貫けないと」

「変わったね、杉浦さん」亜衣が静かにつぶやいた。「『トウモロコシの粒は偶数』が売れなくて、菊池さんの前でしゅんとしてたころは、わたしもじれったく見守ってた。もっといいかえしてやればいいのにって。菊池さんもずいぶんつけあがってたし」

菊池ががなり立てた。「おい。作家との不和を植えつけようとしてるのか？」

李奈は思わず苦笑し、片手をあげ菊池を制した。ふたたび亜衣に向き直る。

どうせ会社から解雇される、亜衣もそんな覚悟をきめたのだろう。どこかさばさばした態度をのぞかせるようになった。

亜衣がいった。「きょうは水曜でしょ。会社も九時に終わって、誰も残業なし。それ以降に行けば、社内に置いてある物ぐらい見られると思う」

また菊池が不安げに告げてきた。「勝手に会社に入りこむのはまずいよ」

優佳が首を横に振った。「ここの派遣社員でもある東崎亜衣さんが、雇用元を案内してくれるだけ。なにか問題ある？」

「僕はなにもきいてないからな」

「また無関心を装う。わたしと李奈が戻らなかったら、そのときこそ菊池さんから通報してよ」

李奈は困惑とともに声をかけた。「優佳」

「わたしたちは友達でしょ？　一緒に行くってば」

亜衣が憔悴《しょうすい》した面持ちで虚空を眺めた。「遠足じゃないんだから、そんなにはしゃがないでくれる？　ぶらりと立ち寄ったってだけの服装にしといてよ。バレたら庇《かば》いきれないんだから」

18

夜十時をまわった。東崎亜衣が勤める調査会社は、台東《たいとう》区にあるサカタリサーチだと打ち明けられた。

小笠原莉子の夫が別の調査会社に勤務している。莉子経由できいてもらったところによれば、サカタリサーチの評判は業界でもかなり悪く、東京都公安委員会から何度も行政処分を受けているらしい。日常的に違法な調査活動をおこなっているのだろう。そんな会社でなければ、鴇巣社長も頼ったりしないはずだ。人にいえないような情報が、きっとそこに集約されている。

サカタリサーチがどうしたの、莉子はそうきいてきた。李奈は答えなかった。心配をかけたくない。退社時間後にこっそり訪ねるときけば、むろん莉子は反対するにちがいない。

勝手に赴くわけではなく、あくまで亜衣に案内してもらうだけ。むしろ亜衣がそう強調してきた。交換条件をだされたからじゃなくて、自発的に杉浦さんを招くの。そんなふうに亜衣はいった。恩義には恩義で報いてほしい、亜衣はそうもつぶやいた。すなわちKADOKAWAがサカタリサーチを訴える事態になろうとも、便宜を図ってもらいたい、それが亜衣の本音だろう。李奈に権限があるはずもない。だが亜衣は、KADOKAWAが杉浦李奈に全幅の信頼を置いている、その持論を曲げなかった。

浅草寺《せんそうじ》から少し離れた雑居ビルの四階がサカタリサーチだった。暗がりで亜衣が壁のスイッチをいれると、天井の蛍光灯がいっせいに点《つ》き、オフィスが照らしだされた。学校の教室ほどの広さだった。事務机が並ぶ無人のフロアに、李奈と優佳はたたずんだ。

どの机もきちんと片付いている。壁に掲示物はなかった。出入口のすぐわきに、パーティションで囲まれた相談室がある。来客はこのオフィスに足を踏みいれたりはしないのだろう。

李奈は亜衣に問いかけた。「ふだんはどんな調査を多くなさってるんですか」

KADOKAWAにいたときとはちがい、亜衣は革ジャンにデニムという、活発ないでたちになっていた。社内をうろつきながら亜衣が答えた。「ほかと同じ浮気調査。借金抱えた人の追跡。踏み倒して夜逃げした連中を、どこまでも追いかけるの」

優佳が顔をしかめた。「怖いとこだね……。今回はそんな人たちばっかり」

たずねたいのは鴇巣社長がらみの案件だった。李奈は亜衣を見つめた。「エルネスト社からの依頼は誰が担当してるんでしょうか」

「おもに所長だけど……。エルネストじゃなくてディスポーザルって会社から、よく電話がかかってくる」

ぴりっと電流が走ったような気がする。李奈はたずねた。「ディスポーザルからはどんな依頼が？」

「頻繁に古い資料を預けられては、所長が分析を請け負ってる。といっても所長は専門家じゃないから、各方面にこっそり協力を求めたり、もっぱら手配ばかり」亜衣が歩きだした。事務机の島から孤立した、木製のエグゼクティブデスクに近づく。引き出しを開け閉めし亜衣がいった。「杉浦さんのことは家来樹《カラージュ》に報告するだけでいいけど、所長とディスポーザルのやりとりなんて、わたしも詳しくなくて。ええと、どこだったかな」

亜衣が壁際のロッカーに向き直った。扉を開け、なかの棚を漁《あさ》る。デスクの上に次々と投げだされたのはハードカバー本だった。書店のブックカバーがかけられている。紀伊國屋書店や八重洲《やえす》ブックセンターともちがう、ラスコー洞窟《どうくつ》の壁画を模したデザインだった。野牛や馬の絵、幾何学模様に彩られている。

やがて亜衣がロッカーから分厚いファイルをとりだした。それが重要なアイテムらしい。そっと机の上に据える。

李奈は優佳とともに歩み寄った。ファイルが開かれる。透明なポケットごとに、やたら古びた書面が保管されていた。

変色した紙には筆による縦書きの文章が綴《つづ》られている。達筆な字だが漢字とカタカナが交ざりあっていた。どの紙もやたら細く折られた痕《あと》がある。

それぞれのポケットに一緒に入った別紙が、その理由を表していた。短冊のように縦長の紙は、よく見ると明治初期の封筒だった。上部が開封されている。表に住所と宛先《あてさき》を記し、切手に消印が捺《お》されるのは変わらない。この字体も筆書きだった。裏には差出人が記載されている。こちらは手書きでなく印鑑だった。

李奈のなかに緊張が走った。差出人の印のなかに〝内務省〟という表記が見てとれたからだ。ふたたび宛先を確認する。各道府県の警察署に宛てて送られたようだ。

問題は封筒に入っていたと思われる書面だった。

加ノ弐ノ玖ノ廿伍也
林前ノ拾陸ノ拾玖ノ参也
使ノ拾参ノ廿壱ノ卅陸也
提前ノ弐ノ拾参ノ漆也
翰書ノ拾玖ノ卅玖ノ拾伍也
羅ノ拾陸ノ廿壱ノ廿参也
太ノ肆ノ廿参ノ廿肆也
太ノ肆ノ廿参ノ廿伍也……

以下も延々とつづく。李奈は亜衣にそれを指ししめした。「この文面は？」

「さあ」亜衣がやれやれという態度をしめした。「いったでしょ。所長がやりとりしてたから、わたしは内容なんか知らない」

優佳がのぞきこんだ。「なにかの記録？」

ファイルのポケットを次々に見ていく。どれも同じような表記の紙と封筒のセットだった。意味のわからない文面の紙が、封筒で一通ずつ、当時の道府県警察に送られたとわかる。

丹念に見比べていくと、一見同じに見える文面は、ほとんどちがっていた。北海道宛てと千葉県宛ては行数が共通している。その二通とは全文が異なる内容だが、山口、高知、大分、福岡の各県警察宛てについても、行数が揃っていた。

ほかの紙も一部に同じ行数がみられるが、全体的にはばらついている。奇妙なことに、共通点がみられる複数枚は、全然ちがう地方の府や県にばら撒《ま》かれている。

文書と封筒のセットは二十一組。送られなかった地域も多くある。内務省から各道府県警察への郵送物。小笠原莉子が見れば、これがなんなのかわかるだろうか。

切手に捺された消印に日付はない。しかしそれとは別の捺印《なついん》がある。二葉亭四迷《ふたばていしめい》の小説にでてきた〝証示印〟だろう。当時の消印は、切手の再使用を防ぐ抹消印と、郵便局名と日付の載った証示印があった。証示印は東京、十三年十一月十日と読める。

李奈は顔をあげ亜衣にたずねた。「ディスポーザルがこれらを預けてきたといってましたよね？」

「そうきいただけ。詳しいことはわかんない」

産廃処理業者を装いながら、都内と茨城、静岡で徳川慶喜について調査。それがディスポーザルという会社だった。鴇巣は否定したが到底信じられない。支社はいずれも慶喜が暮らした地域にある。

　これらの文書はディスポーザルが収集したのか。慶喜に関係する資料なのか。サカタリサーチになにを調べさせようとしていたのだろう。

　ふと双葉文庫のカバーが目の前に浮かぶ気がした。バーカウンターで談笑するサラリーマンたちのイラスト。鯨統一郎《くじらとういちろう》の『歴史はバーで作られる』だった。有名な『邪馬台国はどこですか』が秀逸で、つづけて読んだ本だ。

　なぜそんなものが脳裏をよぎったのだろう。じわじわとその理由が意識の表面に浮上してくる。ひょっとしてこれらの資料は……。

　熟考にふけっていたせいで、しばし物音に気づかなかった。スマホカメラのシャッター音が反復している、ぼんやりとそのことに意識が向いた。李奈ははっとした。優佳がファイルのポケットにおさまった文書を、次々とスマホカメラで撮影している。

　李奈は戸惑いをおぼえた。「優佳」

　手を休めることなく優佳が応じた。「あと少し。せっかくだから撮っとこうよ」

　亜衣が李奈に話しかけてきた。「ねえ。それを見せてあげたんだから、警察に通報するのは控えてくれるでしょ？　KADOKAWAからも庇《かば》ってくれるよね？」

　通報は控えても、亜衣の派遣先の意思までは、李奈がどうこうできるものではない。

返答を迷わざるをえなかった。李奈は口ごもった。「前向きに努力してみます」

「なにそれ。こんなに協力してあげたでしょ？　杉浦さんからKADOKAWAの偉い人にいってよ。派遣社員の東崎亜衣はなにも知らなかった、ただ利用されてただけだって……」

ふいにドアのノブを回す音がした。亜衣の顔面が硬直する。優佳もすくみあがる反応をしめした。

李奈は鳥肌が立つ思いで、出入口のドアを振りかえった。誰かが鍵《かぎ》を開けにかかっている。にわかに李奈の脈は速まった。心臓が張り裂けそうだった。

ドアが弾《はじ》けるように開いた。頭頂の禿《は》げた中年男性が入ってきた。男性は面食らった顔でこちらを眺めた。「なんだ？　東崎君。こんな時間になにしてる」

亜衣が震える声でたどたどしく応じた。「あの、所長……。ちょっと忘れ物がありまして」

「忘れ物？」所長と呼ばれた男性の目が険しくなった。「私の机でなにをしてる。おい、そのファイルは……」

サカタリサーチの所長を押しのけるように、黒スーツが数人ずかずかと踏みこんできた。先頭は顎鬚《あごひげ》の樋爪だった。レディススーツの柏原蘭子も同行している。蘭子は李奈を見るや顔をしかめた。

樋爪の尖《とが》ったまなざしが李奈に向けられる。「おや。明かりが点《つ》いてると思ったら、珍客来訪中じゃないか」

亜衣が慌てふためいたようすで弁明した。「ちがうんです。杉浦さんたちは、わたしが連れてきました。そのう、いろいろ訳知りのようすだったし、わたしの仕事について事情を説明してあげたほうが、かえって波風を立てずに済むかと」

所長の禿げ頭に湯気が立ち上った。「きみにそんな権限があるのか!」

「いえ……。ないです」亜衣は身を小さくした。「すみません」

樋爪が歩み寄ってきて、李奈の目の前に仁王《におう》立ちした。ファイルを一瞥《いちべつ》したのち、射るような視線がまた李奈をとらえる。「聖書を探してるはずだろ。吉行淳之介《よしゆきじゅんのすけ》が書く女たちみたいになりたいか?」

19

李奈たちは場所を移された。ワンボックスカーで移動したのち、もっと洗練された新しい高層ビルに連れこまれた。

前に来た東京駅近くのビルとは異なる。もっと狭く質素な室内だった。机は壁際にどけられ、二脚の椅子が引っぱりだされる。李奈と優佳はそこに座るよう指示を受けた。

亜衣は先に帰された。通報してくれれば嬉《うれ》しいが、望み薄だと李奈は思った。解放されたことを亜衣は無邪気に喜び、笑顔でじゃあねと手を振り、逃げるように走り去ったからだ。

サカタリサーチの所長も、ここにはついてこなかった。いま室内には樋爪や蘭子ら、家来樹《カラージュ》ばかりがひしめきあっている。李奈の隣で優佳が身を固くし震えていた。なぜか優佳の前髪が妙に垂れ下がっている。

蘭子にスマホをだすよう要求された。ロックを解除するようにもいわれる。優佳が震える手でスマホを操作しだした。李奈もそれに倣った。PINコードを打ちこむのもままならない。

回収したスマホを黒スーツらがさかんにいじる。まず李奈のスマホをたしかめた男が、なにも撮ってない、そうつぶやいた。実際、李奈は画像など一枚も撮影していない。サカタリサーチに足を踏みいれてからは、ずっと緊張の連続で、とてもそんな余裕はなかった。

次いで優佳のスマホが調べられた。李奈は寒気をおぼえた。優佳はあの古い文書を片っ端から撮影したはずだ。家来樹《カラージュ》の逆鱗《げきりん》に触れてしまうのではないか。

ところが男は無表情に首を横に振った。二個のスマホは李奈と優佳にそれぞれ返された。李奈は呆気《あっけ》にとられた。優佳が額に手を伸ばした。前髪を掻《か》きあげながら汗を拭《ぬぐ》っている。

ふと李奈は気づいた。優佳はヘアピンを外していた。前髪が垂れ下がったのはそのせいだ。移動中に優佳はこっそりマイクロSDカードを抜いたにちがいない。

スマホ側面の小さな孔《あな》に、細い針状の物を挿しこめば、マイクロSDカードが抜ける。前に優佳がいった。彼女は画像データをスマホ本体でなく、マイクロSDカードに保存する設定にしている。本体メモリーに記録がないため、保存された画像は皆無のように表示される。いまもどこかにマイクロSDカードを隠し持っているのだろう。家来樹《カラージュ》が身体検査をしないのを祈るしかなかった。

ドアが開いた。ロングコート姿の中高年男性が三人、あわただしく入室してきた。先頭は鴇巣社長、どこかで飲んでいたのか赤ら顔だった。福津と鵜瀬、ふたりの取締役も引き連れている。

樋爪が鴇巣に報告した。「サカタリサーチにいました」

鴇巣社長は怒りをのぞかせた。「杉浦李奈。丸善版新約聖書は見つけたのか」

李奈は座ったまま鴇巣を見上げた。「嫌がらせをやめさせてくれませんか」

「聖書を分析し研究本を著せ。それができないうちは要求などするな」

「ほしいのは聖書じゃなく徳川埋蔵金でしょう!」

自分の声が静寂のなかに長く尾を引く。居合わせた全員が驚きの目を向けてくる。鴇巣や樋爪、蘭子、福津と鵜瀬、家来樹の黒スーツたち。優佳も例外ではなかった。

啞然《あぜん》とした優佳が見つめてきた。「李奈。なにをいってんの……? 徳川埋蔵金って、赤城《あかぎ》山に埋まってるっていう……」

「時価二十兆円の黄金」李奈は静かに応じた。「でも赤城山にはない」

しばらく誰も喋《しゃべ》らなかった。鴇巣の目がじっと見つめてくる。李奈も鴇巣を見かえした。

「はて」鴇巣がつぶやいた。「丸善版聖書となんの関係がある」

「なにも」李奈は答えた。「徳川慶喜と聖書、キリスト教、丸善。どこにもつながりはありません。ないからこそコードブックに最適だったんです」

優佳が李奈にたずねた。「コードブックって?」

「暗号解読表のこと。むかしは文字どおり本を使うことが多かった。メッセージの一字ごとに、特定の本における何ページの何行目の何文字目と、数字だけを綴《つづ》る。そんな暗号文を受けとった側も、同じ本を持っていれば解読できる」

「あー……。じゃ相手もその本をどこかで買えば……」

「そう。丸善版新約聖書は全国のプロテスタント教会で売ってた。限定五百部、主流派ではないため、ほとんどでまわっていない。まして聖書はすべての章と節に番号が振ってある。コードブックに採用するには最適」

福津取締役が目を剝《む》いた。「なぜそんなことまで……」

鴇巣社長がさっと片手をあげ、福津を黙らせた。表情に真剣さを増した鴇巣が李奈に告げてきた。「私がきみに依頼したのは、丸善版聖書についての研究本だぞ。コードブックとはおかどちがいじゃないのかね」

「そうは思いません。古い聖書が丸ごと入手できる可能性は低いので、欠落箇所の翻訳文の再現が必要です。研究本執筆の過程で、丸善版の現存するページのセンテンスと、TRやNAの翻訳文を比較し、構文の法則性を調べさせようとした」

「キリスト教や聖霊の導きではなく、丸善版聖書の文章の再現だけを私は望んでいた。そういいたいのか」

「研究本の原稿が的外れだったら、原本の欠落箇所を完全にしろとおっしゃっただけでしょう。目的を悟られないように、最初は曖昧《あいまい》な要請に留《とど》め、徐々に必要な指示に絞っていくつもりだったんです」

また沈黙が下りてきた。今度の静寂は長かった。鴇巣社長はため息をつき、周りに声を張った。「杉浦李奈とふたりきりで話す。ほかは遠慮してくれ。樋爪、那覇優佳を連れていき、隣の部屋でまってろ」

樋爪が蘭子に目配せする。蘭子が優佳の前に立ち、そっと手を差し伸べた。優佳は不安に満ちたまなざしを李奈に向けた。李奈は黙ってうなずいた。顔面蒼白《そうはく》の優佳は震えつつも蘭子の手をとった。引き立てられた優佳が一行とともに遠ざかる。何度も振りかえる優佳を、李奈は胸を掻きむしられる思いで見送った。

ドアが閉じられ、室内は李奈と鴇巣のふたりきりになった。鴇巣が少し離れた椅子に座り、値踏みするような目を李奈に投げかけた。

李奈はいった。「絵空事です。あきらめたほうがいいでしょう」

鴇巣が鼻で笑った。「そうもいかん」

「赤字を取り戻すために伝説にすがろうとするなんて、大物経営者らしくありません」

「伝説ではないんだ。事実なんだよ。私は事業の傍ら、二十七年間もこの謎に挑んできた。とうとう埋蔵金が温存されているという確証を得た」

「徳川慶喜が知ってたとおっしゃるんですか。埋蔵金の在処《ありか》を」

「そうだ」鴇巣は目を輝かせた。「きみだって徳川埋蔵金と見抜いたじゃないか」

一兆二千億円の負債を抱えた鴇巣の執拗《しつよう》なこだわり。徳川慶喜。あの大字《だいじ》や漢数字を羅列した暗号文。聖書をコードブックにしたとしか思えない。そのあたりから推測できただけだ。現実味のある話だと信じたわけではない。

それでも鴇巣がいった。「慶喜は江戸城を新政府軍に明け渡した。無血開城が果たされ、官軍は城内の金蔵に直行した。なにしろ新政府軍も財政難に喘《あえ》いでいたからな。幕府御用金が頼みの綱だった」

「ところが金蔵は空っぽ」李奈は鴇巣を見つめた。「幕府が御用金を隠したと噂されました。あくまで噂ですけど」

徳川慶喜の有力な側近ふたり、徹底抗戦を主張した小栗忠順と、開城すべきと助言した勝海舟。うち小栗は勘定奉行だった。当然、幕府御用金も管理していたはずだ。大政奉還後、小栗は群馬の山奥に隠居していた。このため小栗が御用金を持って逃げたとの噂が立った。のちに小栗は斬首されてしまったため、謎はいっそう深まることになった。

李奈はため息まじりにつぶやいた。「大判小判を積んだ船団が利根川《とね》を遡《さかのぼ》り、大勢の人手で赤城山中に運びこんだとか、そんな噂も流布されました」

「ありえんな。三百六十万両もの大判小判はとてつもなく重い。運搬や埋蔵にどれだけ手間を要することか」

「三百六十万両だなんて、本気で信じておられるんですか」

「勝海舟の日記に書いてある。軍用金として三百六十万両が温存されているが、これは浪費するわけにいかないと」

「江戸幕府は財政難どころか、すっかり使い切っちゃったんじゃないですか？　金蔵が空っぽだったのは、文字どおりすっからかんだったからでしょう」

江戸幕府はとにかく出費が多かった。初代家康《いえやす》のころから数多くの城や寺社を建設する一方、江戸の大火や水害の復興も必要で、五代将軍綱吉《つなよし》のころには財源が枯渇していたとされる。このため家康の死後、駿河国久能山《するがのくにくのうざん》に保管された金銀までも、どんどん切り崩し賄わざるをえなかった。

農業が主体の国内産業では、幕府の出費分はとても補塡《ほてん》しきれない。幕末には大地震や飢饉《ききん》に祟《たた》られたうえ、ペリーの黒船来航以降、幕府は対外的な軍事力強化にも迫られた。小栗忠順も造船所の建設を主導し、巨額の資金を費やしている。すなわち幕末の時点で、幕府に金銀財宝など残っているはずがない。

李奈は鴇巣に申し立てた。「金蔵が空っぽでも、文無しですとは正直に打ち明けないでしょう。慶喜にしても、文明開化後は自分たちで国を仕切りたいと思ってたんだから、見栄《みえ》を張るにきまってます」

鴇巣が首を横に振った。「虚勢だったというのか？　わかっていないな」

「そうでしょうか」

「ああ、そうとも。たしかに幕末の財政が逼迫《ひっぱく》してたのは事実だろう。だが江戸城が明け渡されたとき、金蔵が空っぽだったというのは、かえって不自然じゃないか。一国のトップだぞ。いくらかの備蓄が幕府にないはずがない」

「蒸気船で海上に運びだしたとか、そっちの噂を信じておられるんですか」

「私が低レベルの妄想家だと思うか？　三百六十万両の御用金を、一隻の船に載せて出港したんでは、たちまち海外勢力や官軍、海賊の餌食《えじき》じゃないか。危険な航海に国家の命運を委《ゆだ》ねるほど、慶喜は馬鹿ではなかった」

さっきサカタリサーチで見た古い書面の数々は、全国津々浦々に送られていた。そこから推測できることがある。李奈はそれを言葉にした。「江戸幕府は御用金を一箇所に保管しておらず、各地の藩に分散していたとおっしゃるんですね」

「まさしくそうだ」鴇巣が身を乗りだした。「江戸城を攻められたとたん、すべての財政を失うようなへまをするか？　徳川幕府の幕閣は、みなそれぞれ領国を持つ藩主、いまでいう地方自治体の現職の首長によって構成されていた。各地に主権があったんだ」

「だから藩主に少しずつ御用金が委ねられていたと……」

「まちがいない。それをしめす大量の文書も残っている。しかも勝海舟の日記にあったように、総額三百六十万両の御用金は、各藩で勝手に浪費してはならないとされた。手つかずの御用金を、全国各地の藩主が埋蔵し、いまに至るわけだ」

「いまに至るって……。一気に時代が飛躍しすぎじゃないですか。何度も戦争があって、もう二〇二三年ですよ」

「明治時代に埋め直しの指示があり、容易には発見発掘が不可能なよう、徹底して埋蔵がおこなわれたからだ」

「それがあの内務省からの暗号だっていうんですか」

「そうだ！　機会があれば、私がその結論に行き着いた、おびただしい量の資料と研究の成果を見せてやりたい。博物館が建つほどの分量だ」

「なにを根拠にあれが埋蔵金に関する指示だと……？」

「ほかで発見された文書に記してあった。複数の専門家が本物と認定した、慶喜や勝海舟の直筆による書簡の数々だぞ。明治政府のもとで働く勝海舟は、かつて各藩に預けられた御用金を知っていた。慶喜を庇《かば》いつづけたのは、ひとえにその御用金を取り戻すためだ」

「友情路線が一気に消滅しますね」

「そうでもない。勝海舟は慶喜に何度となく、全国各地の御用金の詳細な在処をたずねた。これは数十の記録文書に残されている。だが勝海舟の意図は、御用金の回収にはなかった。明治政府内のよからぬ勢力に利用されぬよう、管理を徹底することにあったんだ。少なくとも勝海舟は、そういって慶喜を説き伏せた」

「慶喜は全国各地の埋蔵金の在処を、勝海舟に教えたんですか?」

「だからこそ官位回復を果たした。しかも将軍時代と同じ官位正二位となり、さらに従一位に昇進したんだぞ。これは推測ではない。当時の公文書に残っている。〝全国各地に眠る財宝の在処を、勝海舟を通じ政府に伝達した功績により、官位を授ける〟と」

鴇巣の熱意に押され、あるていどは事実かもしれない、そんな気にもさせられてくる。けれども大いなる疑問があった。李奈は鴇巣にたずねた。「その時点で埋蔵金の在処が特定されたのなら、明治政府が回収しちゃったんじゃないですか？」

「それがちがうんだ。やはり別の文書に記録されてるんだが、大判小判を大量に掘り起こしたのでは、たちまち外国に睨《にら》まれてしまう。だから政府の財政とは切り離し、ひそかに全国各地の埋蔵金として温存することにした。埋め直しの指示はそのためだ」

「でもなぜ内務省が全国の警察署に伝達したんでしょうか。埋蔵金の掘り起こしと埋め直しを、地方の警察に委ねてだいじょうぶですか」

「当時の東京警視本署は内務省直轄の組織だった。警察官にも西郷軍の士族出身者が多く採用されていた。つまり当初の警察は治安維持というより、明治政権そのものを守るため設立された」

「ああ。司馬遼太郎の『歳月』で読みました。江戸幕府を倒した各藩の藩兵から、邏《ら》卒《そつ》が選出され、警察官の原型になったんですよね」

「よくそんなに読んだ本のことが思い浮かぶな。まあいい。とにかく当時の警察は、内乱に備える軍隊の性格が強かった。地方も同様で、藩の温存する御用金の管理は、各地の警察署こそが担って当然だった」

「その重要な伝達が、丸善版聖書をコードブックにした暗号文ですか？」

「まさしくそうだ。すべて記録に残っているから推測ではない。明治十三年十一月九日、勝海舟はいつものように慶喜と対話していた。すると唐突に慶喜が日本地図を要求した」

「埋蔵金の在処《ありか》を教えてくれたんですか？」

「ああ。受けとった地図に慶喜は、各地の財宝の埋蔵場所と、それぞれの金額を正確に記入した。政府は緊急に地方警察へ情報を伝達するため、別途丸善版聖書を参照する旨を、事前に電報で伝えたうえで、あれらの書簡を送った」

書簡は暗号文だった。李奈はきいた。「暗号文の内容は……？」

鴇巣が答えた。「すべて各地の埋蔵金の場所と、新たに埋め直す場所の指示だ。そこまではわかっている。だが丸善版聖書がなければ解読できん」

「当時、各地の警察署は埋蔵金を見つけたんでしょうか？」

「発見の通達は内務省に送られることになっていた。結果、全警察署から発見と再度埋蔵完了の知らせが届いた。慶喜の情報は正しかったと証明されたわけだ」

「それらの文書も残っているんですか？」

「もちろんだ。研究機関の専門家により本物と証明されている」

「でも明治政府は埋め直した場所を把握してたんですよね？　日清戦争から日露《にちろ》戦争、

世界大戦へと向かうなかで、どこかの段階で軍資金獲得のため掘り起こしたのでは……」

「ない。じつは日清戦争に反対する勝海舟が、政府の文書保管庫から埋蔵場所一覧を盗みだし、破棄してしまったんだ。これは内務省の内部文書で確認できる」

「誰も掘り起こしていないんですか」

「世界の金市場の変動を見ても、発掘された金がでまわった形跡はまったくない」

「地方の警察署で埋め直しに関わった人が、周りに話したりしそうなものですけど」

「みな固く口を閉ざしていたうえ、ほぼ全員が日清日露戦争や、ほかの理由で命を落としてしまった」

「長生きした人もいたでしょう」

「引退した者も全員が箝口令《かんこうれい》に従った。だが埋蔵金発見と再度埋蔵の工事記録が全国各地にある。ただし場所だけは掲載されていない。勝海舟は晩年、当時の総理大臣である山縣有朋《やまがたありとも》に、全国の埋蔵場所を伝達すると約束したんだが……」

その先はだいたい想像がつく。李奈はつぶやいた。「勝海舟が亡くなったのは山縣内閣のころですよね」

「そうだ。残念ながら約束は果たされなかった。山縣内閣はあわてて全国の警察署長に問いただしたが、もう組織ごとすっかり代替わりしていて、あとの祭りだった」

　思ったよりは信憑性《しんぴょうせい》のある話だった。ただし鴇巣のいう数々の文書による裏付けが、本当であればという条件つきだ。李奈はつぶやいた。「ちゃんと立証されてるんでしょうか」

「誓ってもいい。でなければ私もこんなに真剣にはなっていない。きみにもすべての文書を見せてやろうと思うが、とにかく丸善版聖書をどうにかしてほしい。私がきみに期待しているのは、変わらずその一点だけだ」

「そういわれましても……」

「むろん埋蔵金発見のあかつきには、きみに多大な報酬を約束する。きみも腑《ふ》に落ちるといったのは、そんな意味だ」

　蘭子も李奈がいずれ納得すると告げてきた。いまようやくわかった。莫大《ばくだい》な収入が得られると予測したうえでの話だった。

　李奈の困惑は深まった。「丸善版聖書の発見は望み薄だとお思いですよね？　畑ちがいでフリーランスのわたしを頼るほどに」

　鴇巣はじれったそうにため息を漏らした。「否定はしない。すべての丸善版聖書を回収、破棄せよとの命令書が見つかっている。明治十六年、内務省発行の文書だ」

「なら本当に一冊も残存していないこともありえますね……」

「少なくとも昭和五十年代まで、丸善本社に一冊はあったわけだ。私は最後まであきらめん。こういってはなんだが、万策尽きるのも想定の範囲内だった。じつは先駆者が複数いたが、誰も埋蔵金にたどり着けなかったんだからな」

「今回も難しくありませんか」

「いいや。なにもかもうまくいかず、とうとう聡明《そうめい》という触れこみの新人作家まで頼ることになったが……。知れば知るほど期待が募る。本に関することなら、きみは奇跡を起こす。失われた本を、なんらかの方法で取り戻せるのはきみしかいない」

「無理ですよ。ご自身がいちばんよくわかっておられるでしょう」

いきなり鴇巣が立ちあがった。「無理でもなんでもやるんだ！　私が絶対に退かないことはわかったな？　悪魔に魂を売り渡してでも、埋蔵金を手にする覚悟だ」

「落ち着いてください。たとえ見つけられても、誰かほかの人の土地だったらどうします？」

「土地ごと奪うだけだ。万が一発掘がバレても、遺失物法の規定により、五から二十パーセントの報労金は払われる。一兆二千億円の負債を解消するには充分だ」

「文化財保護法の規定が優先され、すべての権限を国に奪われるかも……」

「黙れ！」鴇巣が一喝した。「聖書を寄越せ。なんとしても見つけろ。小説家をつづけられなくなるぞ！」

気圧《けお》されると同時に憤りがこみあげてくる。李奈は涙が滲《にじ》みそうになった。癇癪《かんしゃく》を起こした鴇巣はまるで子供だ。あるいはコンビニのバイトでときどき出会う、クレーマーのモンスター客にも似ている。とにかく手がつけられず、しかも主張が理不尽極まりない。問答無用で李奈を従属させようとしてくる。

全国津々浦々に埋蔵された幕府御用金は、たしかに実在するのかもしれない。鴇巣がこれだけ真剣になるからには、少なくとも慶喜が勝海舟に埋蔵場所を伝達した事実は、資料によって裏付けられているのだろう。問題は掘り起こされた場所も埋め直された場所も不明なことだ。すべての情報はあの暗号文にある。だが解き明かすためのコードブック、丸善版新約聖書は現存しない。

本に関することなら不可能を可能にする、いつしかそんなふうに信じられていた。巨額の負債に錯乱しかけた経営者の認識ではあるが、李奈がそのように思われていたのは事実だ。しかしとても受けいれられない。失われた本は蘇《よみがえ》らない。本探しも専門ではない。

李奈はささやいた。「わたしはせどりじゃありません。ほかをあたってもらえませんか」

「駄目だ！」鴇巣はいっそう激昂《げきこう》した。「全国から債権者が押しかけてくる。外国からもだ。聖書を発見できなきゃおまえのせいだぞ。おまえのつまらん小説なんか発禁にしてやる。妨害はいつまでもつづくぞ。一日も早く名もない小説書きに戻りたきゃ、さっさと務めを果たせ！」

悔しさに身体が震える。視野が涙にぼやけだした。李奈はうつむいたまま、怒りを堪《こら》えつつ小声を絞りだした。「怒鳴らないでください……。やれることはやってみます」

20

李奈は優佳とともに別のビルに移動させられた。むろん鴇巣やエルネストの取締役たち、家来樹《カラージュ》の樋爪や蘭子、黒スーツらが同行した。

ビルの地階は鴇巣が借りているという資料保管室だった。まるで博物館のごとく、古い文書の数々がガラスケース内に展示されていた。すべての資料には著名な大学教授や研究家による鑑定書が添付してあった。

鴇巣はほら吹きではなさそうだった。持っていると主張した文書はすべて揃っている。明治十三年、慶喜は勝海舟に埋蔵金の在処《ありか》を伝えた。内務省が全国の警察署に、暗号文でそれを緊急通達、発覚しづらい場所に埋め直すよう指示が下った。それらの経緯が内部文書に記載されている。暗号文に先駆け〝丸善刊新約聖書ヲ参照セシ事〟という、警察署への電報も現存していた。明治十四年、すべての埋め直しが完了した旨、内務省が確認している。明治十六年には〝丸善刊新約聖書ヲ直チニ破棄〟との命令が発せられた。明治二十七年、勝海舟が埋蔵場所一覧資料を盗みだした記録もある。明治三十二年、勝海舟から山縣総理に宛てた、埋蔵場所を伝えるという直筆の手紙。記録はそこまでだった。勝海舟が死去し、いっさいの情報が途絶えたからだ。

これだけの資料を発見し収集するには、途方もない時間と金が費やされたにちがいない。鴇巣の執念に圧倒されるしかなかった。けれども感心する気にはなれない。鴇巣は手段を選ばず、李奈に無理難題を押しつけてきている。

どうやら鴇巣は勝海舟の信奉者らしかった。それもまちがった崇拝に走っている。勝海舟の言葉として知られる〝敵は多ければ多いほど面白い〟や〝世のなかに無神経ほど強いものはない〟を、さかんに口にするものの、鴇巣は自己正当化の言いわけに用いている。世界を知る立派な人格者、勝海舟の足もとにもおよばない。むしろ井のなかの蛙《かわず》だと李奈は思った。

ビルをでたとき、外はまだ暗かった。李奈と優佳はまたワンボックスカーに乗せられた。今度は家来樹《カラージュ》だけが同伴した。家まで送る、樋爪がそういった。

阿佐ヶ谷駅北口のロータリーで下ろされた。夜は明け始めていた。うっすらと藍《あい》いろに染まる空の下、まだ静寂に包まれた駅前に、李奈は優佳とともにたたずんだ。松屋の看板だけが灯《とも》っている。辺りにひとけはなかった。

一緒に降車した蘭子が歩み寄ってきた。どこか申しわけなさそうに視線を落とし、蘭子は李奈にささやいた。「これが成功すればみんな裕福になれる。すべてあなたにかかってる」

李奈は胸が詰まるのをおぼえた。また泣きそうになる。「無理なものは無理です。あなたにもわかるでしょう」

「鴇巣社長にそれは通らない。なんとかして聖書を見つけるか、暗号を解読するかして。もうあなたしかいない」

それだけいうと蘭子は踵《きびす》をかえし、ワンボックスカーへと戻っていった。蘭子の乗車後、車体側面のスライドドアが閉じ、ワンボックスカーは発進した。赤いテールランプが遠ざかる。ほの暗い静寂の駅前に、李奈と優佳だけが残された。

優佳が不安そうに声をかけてきた。「李奈……」

李奈はあえて優佳に背を向けていた。「タクシー乗る？　どうせなら優佳のマンションに送ってくれればよかったのにね」

「やだよ。いまはひとりになりたくない。李奈と一緒にいる」

「わたしもひとりじゃ心許《こころもと》ないけど……。優佳を巻きこみたくない」

「いまさらそんなこといわないでよ。ねえ李奈。これからどうするの？　幻の聖書なんて探せるわけないよ」

「わかってる。だけどね……」李奈は思いのままささやいた。「なんだか燃えてくるものもある」

「はぁ？　いま燃えてくるっていった？　なんの話？」

「いままで自分の小説なんて、何千部とか文庫でせいぜい何万部とか、少なすぎるって嘆いてた。世間の反響なんて皆無だって。でもそうじゃないんだね。世のなかに作品をだしてるってことは、それだけ責任が伴うんだよ。不特定多数が読むんだから、理不尽な言いがかりをつけられたりもする」

「今回のはもっとひどくない？　徒党を組んで嫌がらせをしてきて、屈服させようとしてるんだよ？」

「だからそれを乗りきれば……。作家としてもう一段階、成長できるんじゃないかって。フリーランスってしょせんたったひとりでしょ。でも広く社会を相手にしてるんだよね。信念を曲げない勇気を育てなきゃ」

「そうかもしれないけどさ……。多額の報酬を受けとれたら、小説家をつづける意味もなくなんない？」

思わず苦笑が漏れる。こんな心境なのに笑える自分に驚く。李奈は優佳を振りかえった。「儲《もう》かったら小説家をやめるつもりなの？」

「そりゃ苦労せずに、使いきれないほどのお金を手にしたらさー。わざわざ小説なんか書かなくても……。李奈はちがうの？」

「……たぶんおばあちゃんになっても小説を書いてると思う。どんな生活がまってるか知らないけど」

「へえ。書くのって大変じゃん。仕事だからやれるってとこもあるのに」

「最初はそうじゃなかったでしょ？　デビュー前は」

「まあね……」優佳が微笑した。「学生のころまでは書くのが楽しかった。社会人になってからもしばらくは……。いつから変わっちゃったのかな」

李奈も微笑みかえした。ふたりでゆっくりと歩きだす。李奈のマンションは近い。

いまはひとまず休めばいい。先が見えないまま眠るのは不安きわまりない。でもそれをいうのなら、小説の執筆中だっていつもそうだ。

優佳が立ちどまった。「ねえ李奈。鯨統一郎さんの『歴史はバーで作られる2』って読んだ？」

「わたしもそれ頭に浮かんだの。『歴史はバーで作られる2』は、四篇のうち最後の一篇が『徳川埋蔵金はここにある』」

「結末で埋蔵金がどこに埋まってるか明かされるでしょ。都心なのに唯一掘り返されてない某所だよね？　まさか本当に……」

李奈は首を横に振った。「残念だけどアレは、昭和二年に場所が少し移転してるの。昭和四十六年には、元の場所も首都高の工事で掘り起こされちゃって」

「なんだ。掘り返されてないってのは小説のなかだけかぁ」

「小説家がいってちゃ身も蓋《ふた》もないね」

ふたりは笑いあった。少しは気が楽になったように思える。横断歩道を渡ろうとしたとき、男性の声が耳に届いた。「すみません。杉浦李奈さん」

はっとして振り向くと、ロングコート姿の男性が立っていた。年齢は五十代、温厚そうな紳士という面立ちだった。しかし人の見た目から内面はわからない。

李奈は警戒心とともにきいた。「なんですか」

男性が礼儀正しく一礼した。「茗荷谷《みょうがだに》といいます。公安警察の者です」

茗荷谷と名乗った男性がロータリーに顎《あご》をしゃくった。闇のなかに黒塗りのセダンが溶けこんでいる。エンジンがかかったまま停車していた。運転席にもうひとりいるようだ。

公安警察。逢坂剛《おうさかごう》や濱嘉之《はまよしゆき》の小説ぐらいでしか知らない。公共の安全と秩序の維持を目的とし、国家体制を脅かしうる集団を取り締まる警察組織……。いかにも小説っぽい職業と役割。刑事警察とは異なり、活動内容は極秘で、実態もあまりあきらかでない。

いよいよもってフィクションと現実の区別がつかなくなる。本当に公安警察の人間かどうか確証はない。身分証を見せられたところで、本物かどうかはわからない。ただしいまはひとまず、事実と仮定して対応するしかない。李奈は茗荷谷を見つめた。

「なにかご用ですか」

茗荷谷の涼しい目が見かえした。「鴇巣社長に連れまわされていたでしょう。お怪我はありませんか」

優佳が驚いた顔で問いかけた。「事情を知ってたんですか。警察の人が?」

すると茗荷谷は苦笑いを浮かべた。「警察といっても、私たちはやや趣を異にしますので」

李奈は問いかけた。「鴇巣社長を見張ってたんですか？」

「そう」茗荷谷がうなずいた。「家来樹《カラージュ》のクルマを尾行して、ここまで来ました」

「マジで？」優佳が不満をあらわにした。「助けてくれればよかったのに」

「申しわけありません」茗荷谷が渋い表情になった。「そういうところもふつうの警察とはちがうんです。もっと大きな目的のために動いてるので」

社会派サスペンス小説によくある展開だと李奈は思った。「鴇巣社長が徳川埋蔵金をほしがってることを、公安警察さんは突きとめてらっしゃるとか？」

「そのとおりです」茗荷谷が神妙にいった。「不正な手段を用いてまで、大量の資料を独占したのですから、当然私たちも監視の目を光らせています。まして国家の秘められた財産ですから、個人に奪取させるわけにはいきません」

優佳が唖然《あぜん》とした。「びっくり。国も埋蔵金があると信じてるんですか？」

茗荷谷は眉《まゆ》ひとつ動かさなかった。「信憑性《しんぴょうせい》が高いと考え、政府もずっと分析してきました。赤城山や蒸気船は眉唾《まゆつば》ですが、全国の藩に分配された御用金はね」

李奈は茗荷谷にきいた。「まさか公安警察さんも丸善版聖書をお探しですか？」

「そのまさかです。慶喜は勝海舟に埋蔵金の在処《ありか》を教え、褒賞として官位回復を果たした。鴇巣社長が得たのと同じ情報を、私たちは何十年も前に知っていたのです。ネックは暗号文のコードブック、丸善版聖書でした」

これはもう大変なことになってきた。一介のラノベ出身作家には壮大すぎる。政府は丸善版聖書を入手ししだい、全国のあちこちから埋蔵金を回収する気か。二十兆円もの収益で国庫が潤えば、深刻な不況にある日本にとっては夢のような話だろう。国と鴇巣は同じ宝を奪いあっている。

優佳が怪訝《けげん》そうにたずねた。「公安警察さんはなにをしてくれるんですか？　わたしたちの保護とか？」

「できません」茗荷谷はあっさりといった。「さっきも申しあげたとおり、ふつうの警察とはちがうんです。身に危険を感じるのなら、最寄りの警察署にご相談ください」

「なにそれ。じゃあなんのために李奈に声をかけたんですか？」

「聖書の入手に見こみがあるか尋ねたかったんです」

李奈は唸《うな》った。「鴇巣社長を捕まえてきいたほうが早くないですか」

「そこもふつうの警察とはやり方がちがいます。私たちは鴇巣社長を泳がせています。

いずれ埋蔵金の発掘でも始めたら、ただちに阻止し、身柄を確保するつもりです。なにしろ二十兆円の黄金ですし、全国に分散されているとはいっても、一か所の埋蔵量もかなり多いでしょう。こっそり奪えるほど、発掘は楽な作業ではありませんよ」

優佳が不快そうに苦言を呈した。「泳がせてるって。おかげでわたしたち、危ない目に遭ったんですよ」

「申しわけありません。しかし私どもにとっても、国家の未来を左右する事態ですので」

李奈は茗荷谷に問いかけた。「公安警察さんは丸善版聖書を探したことがあるんですか？」

「もちろんですとも。ずっと探しつづけてきました」

「なにか情報は得られなかったんですか？」

「皆無ではありません。最近もシニア読書クラブ〝ピノチオ〟で、所有者の候補を四人まで絞りこんだばかりです」

優佳の表情が変わる寸前、李奈はとっさに目配せした。意思が通じたのか優佳はポーカーフェイスを貫いた。むろん李奈も素知らぬ態度をきめこんだ。

脈が自然に速まっていく。ピノチオとはシニア読書クラブだったのか。李奈は無関心そうな態度を装いつつ茗荷谷にきいた。「四人というのは?」

「申しわけありませんが素性は明かせません。クラブはふたつの愛好会に入るきまりで、三人は同じ趣味です。でももうひとつの愛好会はバラバラで」

優佳が顔をしかめた。「なんでそんなまわりくどい話を?」

茗荷谷は苦い表情になった。「杉浦さんがなにかご存じかと思ったからです。しかしこの話でピンと来ないようですので……」

話題が打ち切られようとしている。李奈はあわててきいた。「ピノチオというからには、読書クラブは阿佐谷ですか?」

「田端《たばた》ですよ」茗荷谷は李奈と優佳の顔をかわるがわる見た。余計な情報をあたえてしまった、そんな後悔をのぞかせながら、茗荷谷が背を向けた。「くれぐれもお気をつけを」

李奈は呼びかけた。「聖書を見つけたらどうしますか? 連絡先は?」

「私どもに知らせていただく必要はありません。直接関わりを持たない前提ですので。なにか動きがあれば対処します。それでは」

茗荷谷はセダンに乗りこんだ。ふたりが茫然《ぼうぜん》と見送るなか、発進したセダンがロータリーを周回し、中杉通りへと消えていった。李奈は優佳と顔を見合わせた。

優佳が笑みを浮かべた。「田端のシニア読書クラブ！」にわかに疲れが吹っ飛ぶあたり、二十代女子の特性かもしれない。李奈は優佳とともに横断歩道を駆けだした。わずかな希望だけでも劇的展開を信じられる。そうでなくては小説家などやっていられない。

21

晴れた日の午前中、李奈と優佳は田端銀座《ぎんざ》商店街を訪ねた。

サッシが嵌《はま》った一角は、いかにも潰《つぶ》れた店舗のテナントを、なんの装飾も加えず再利用した空間にすぎない。入口に貼られた厚紙に〝シニア読書クラブ　ピノチオ〟と記してある。李奈は思わず優佳と笑いあった。

北《きた》区の行政サービスで、高齢者向け公共施設の運営には補助金がでる。このピノチオもそれを元手に、十年以上前に開業したという。読書クラブといっても、なかには書棚のほか机と椅子があるだけだ。地域の住民で六十歳以上なら、誰でもぶらりと立ち寄って、自由に蔵書を読める。区役所のサイトにそう書いてあった。グーグルの検索にすら引っかからないほどの小さな紹介だった。

李奈は優佳とともになかに入った。席はほぼ埋まっている。受付はなく、来訪者も高齢ばかりではなかった。幼児が絵本を読んでいたりする。出入りはいたって自由らしいが、壁には入会案内が貼りだしてあった。クラブ内に愛好会が四つ。純文学、経済小説、歴史小説、推理小説。会員はふたつの愛好会にかならず所属してくださいとある。

朝倉《あさくら》かすみの『にぎやかな落日』を読む老婦人が、にこやかな笑顔を向けてきた。優佳が近くに座り、老婦人と会話をしだした。ほどなく打ち解けると老婦人は、若い女の子が来るのはめずらしい、さも嬉《うれ》しそうにそういった。

優佳は老婦人に笑いかけた。「でも中年のおじさんが出入りするのを見ましたよ？五十代ぐらいかな。短髪で一見温厚そうな」

公安警察の茗荷谷のことを示唆している。ここに丸善版聖書の所有者がいるとの情報を得て、その候補を四人にまで絞りこんだのなら、おそらく何度も出入りがあったはずだ。

老婦人がうなずいた。「いらしたわね。なぜか大坪《おおつぼ》さんや岩下《いわした》さん、井手《いで》さんに興味がおありだったみたいだけど。おんなじ愛好会だったからかしらね」

優佳が身を乗りだした。「その三人は共通の愛好会だったんですか？　きょういらしてますか？」

　老婦人は辺りを見まわした。「きょうは……。いらっしゃらないわよね。クラブは大勢いるのよ。毎日来る人なんてほんの一部」

「お三方はどの愛好会ですか？」

「ええと……。歴史だったかしら。いえ経済小説。純文学だったかもしれないわね。いえ、やっぱり推理小説かも」

　四つの愛好会をすべて口にした。記憶が曖昧《あいまい》なようだ。公安警察がマークしていたのは四人のはずだ。李奈は老婦人にきいた。「温厚そうな中年男性は、ほかにもうひとりかまっておられませんでしたか？」

「あー。宮島《みやじま》さんね。きょうは来てないけど」

　残念ながら四人とも欠席だった。ほかにも読書中の高齢者に声をかけてみる。こめかみに白いものを残す男性は横溝正史《よこみぞせいし》を読んでいた。愛好会は推理小説と経済小説だという。それらふたつの愛好会に入っているのは、自分ひとりだと男性はいった。くだんの四人についてきいてみたが、男性は急に無愛想になり、知り合いではないとだけ告げてきた。対話はそれっきり途絶えてしまった。

　茗荷谷が聖書の所有者を特定できず、手をこまねいている理由がわかってきた。とにかく高齢者らと話すのには難儀する。読書はしっかり楽しんでいるようだが、最近の記憶となるとおぼろげに終始してしまう。

四人の知り合いを探してまわると、高齢男性のひとりが、宮島さんと井手さんは顔見知りだといった。

ききとりにくい声で高齢男性が告げてきた。「宮島さんは推理小説が好きでね。愛好会にも入っとるよ」

李奈はたずねた。「井手さんはどの愛好会ですか?」

「宮島さんと一緒だよ」

「推理小説ですか?」

「いや。推理小説以外だ」

優佳が当惑顔になった。同じ気分だと李奈は思った。けれども愛好会はふたつ入れるため、高齢男性の言いぶんには、いちおう矛盾がない。

さんざん苦労したのち、純文学好きの老婦人に話をきけた。彼女は大坪と宮島を知っていると答えた。ふたりは同じ愛好会らしいが、老婦人によれば純文学仲間でないという。

別の高齢男性は、四人とも知り合いだといったが、誰が誰なのかあやふやだった。

四人とも同じ愛好会には属していない、たしか三人どまりだったと話した。

優佳が苦りきった顔でささやいた。「公安警察が苦戦した理由がわかるよね。四人を片っ端からあたってみる?」

李奈は首をかしげた。「そんな必要なくない?」

「なんで?　いまのところなにもわからないのに」

「そう?」李奈は一同に対し、少しばかり声を張った。「読書のお邪魔をしてすみません。井手さんがどこにお住まいかご存じの方おられますか」

室内がざわめきだした。耳の遠い高齢者が隣に質問の内容をきいている。

優佳は妙な顔で李奈を見つめた。「どうして井手さん?」

「どうしてって……。成兼勲さんはここに来たとき、井手さんが丸善版聖書を持ってるときいたんでしょ。奥さんによれば純文学と歴史小説好きの人だったって」

「井手さんがそれらの愛好会に入ってるとなぜわかるの?　情報不足じゃない?」

「宮島さんだけ入ってない愛好会に、ほかの三人が入ってるんでしょ。仮にその愛好会をAとする。でも宮島さんは、大坪さん井手さんと別々で同じ愛好会に入ってる。これをそれぞれBとCとする。宮島さんは推理小説愛好会に属してるけど、井手さんと同じじゃないからBは推理小説愛好会」

「ちょ……。李奈。どうしちゃったの?」

「なんで? 大坪さんは推理小説愛好会だから、Aは経済小説愛好会ではないでしょ。純文学愛好会に入ってないから、Aは純文学愛好会でもなくて、歴史小説愛好会とか考えられない。宮島さんは推理小説愛好会だからCは経済小説じゃなく純文学愛好会。残る経済小説がD。これで四人全員、ふたつずつ属してる愛好会が判明したでしょ」

優佳はぽかんとしていた。「李奈……。急に遠いところに行っちゃったみたい」

「なにが?」李奈にとっては優佳の反応こそが驚きだった。「もちろんみなさんの記憶ちがいもあるかもしれないから、百パーセント断言はできないけど、この場合はまず井手さんと見るべき」

「ねえ李奈。それミステリの謎解きにしちゃ唐突すぎるって。探偵の頭がよすぎて、活字になってたとしても目が滑る。しかもちょっとなにいってるかわかんない」

「なんで? もうちょっと詳しく説明する? さっきの人、愛好会は推理小説と経済小説で、それらふたつに属してるのは自分ひとりだっていったでしょ。なら四人のなかには、そういう組み合わせの人はいないってことになる。宮島さんは推理小説愛好会だけど、もうひとつの愛好会は井手さんと同じ。茗荷谷さんの話では……」

「ああ、もういいって。李奈、なんか怖いよ。じつは全然合ってなくて、合ってると思いこんでたとしたら、さらに怖い」

　李奈は戸惑わざるをえなかった。優佳がどうして同じ思考に至らないのか、その理由こそわからない。

　ひょっとして自覚しないうちに、この種の思考を働かせることに慣れてきたのだろうか。たしかに岩崎翔吾事件のころには、こんなに筋道を立てて考えられなかった気がする。推論の構築にもっと時間がかかっていた。新宿駅から新川崎《しんかわさき》駅に移動するあいだに、ごく単純な推理しか組み立てられなかった。いまにして思えば愚鈍の極みだ。

　高齢男性のひとりが片手をあげた。「あのう、お嬢さんたち。木彫り職人の井手さんなら、もう亡くなったよ」

　優佳が目を丸くした。李奈も衝撃を受けた。ふたり揃って同じ声を発した。「亡くなった？」

　窓際の老婦人が夏目《なつめ》漱石『こころ』の文庫本を閉じた。「井手さんの義理の娘さんが、赤羽《あかばね》の団地にいますよ。もう身内といえばあの人だけですね。会いに行ってみたら？」

22

団地の住所をきき、李奈と優佳はその部屋を訪ねた。井手晃三《こうぞう》の義理の娘という利根《とね》和佳子《わかこ》は四十代後半、夫と死別し、ひとり暮らしだという。

和佳子は愛想よく応対してくれた。義父は二年前に他界するまで、王子《おうじ》神谷《かみや》の実家住まいだった。家は和佳子が相続したものの、ずっとほったらかしにしているらしい。木彫り職人だった義父は、実家を住まい兼工房にしていた。木製の十字架や仏像で足の踏み場もないほどで、大半が家のなかや物置に放置されている、だから居心地悪くてと和佳子は笑った。

丸善版聖書について質問すると、義父はたしかに聖書の蒐集《しゅうしゅう》家だったから、物置にあるかもしれないとのことだった。物置には鍵《かぎ》がかかっていないし、自由に立ち入って探していい、和佳子がそのように許可をくれた。念のため和佳子の電話番号をきいてから、礼をいってその場を立ち去った。

王子神谷の古い住宅街、隅田川《すみだ》沿いに井手の実家があった。隣は別の所有者の畑で、生活道路には人通りもなく、辺りは閑散としている。門も塀もなく、軽自動車が入れる小さなガレージと、老朽化した木造二階建てが敷地内にあるのみだった。二年も空家になっているせいで、雑草が伸び放題になっていた。

物置は裏手だときいた。李奈はお邪魔しますと一礼し、庭先から家の外側をまわり、敷地の奥へと歩いていった。

優佳が興奮ぎみに歩調を合わせてきた。「聖書の蒐集家だって！　李奈の推理が一発で的中したっぽいよ」

「まだわからない……。ほんとに丸善版新約聖書があるのかどうか」

「ここまできたら見つけたも同然じゃん。有栖《ありす》川有栖《がわありす》の『孤島パズル』みたいだね。なんだかワクワクしてきた」

家の裏にある物置は頑丈そうなスチール製だった。スライド式の扉に手をかけてみる。びくともしない。李奈は思わずつぶやいた。「あれ？　施錠されてる」

「マジ？」優佳が当惑顔になった。「鍵はかかってないって和佳子さんがいってたのに。業者さん呼ぶ？」

「口約束で訪ねただけのわたしたちじゃまずくない？　和佳子さんから頼んでもらわないと」

「また連絡する？」

李奈はスマホで和佳子の番号に電話した。ところが通話はできなかった。自動応答メッセージが〝この電話はおつなぎできません〟と繰りかえした。

優佳が訝《いぶか》しげな顔になった。「料金未納とか？」

事情はわからない。赤羽の団地まで戻るのはひと苦労になる。李奈は辺りを見まわした。「鍵はどこにあるのかな？」

「家のほうをあたってみる？」優佳が玄関先へと歩きだした。

ふたりでまた家の外側を迂回《うかい》し、正面へと戻った。玄関はガラスの引き戸だった。

李奈は引き戸を開けようとしたが、やはり鍵がかかっていた。

当惑とともに李奈はつぶやいた。「こっちの鍵なら和佳子さんも持ってるかな……？」

ふいに優佳があわてた声を発した。「ちょ……李奈！　上を見て。上」

なにごとかと頭上を仰いだ。とたんに李奈は凍りついた。玄関の庇《ひさし》の下、大きなスズメバチの巣ができていた。球体というより回《まわ》り縁《ぶち》のような形状で、軒下にへばりついている。

ぞわっと鳥肌が立った。李奈は後ずさった。優佳も李奈の手をつかむや逃走しだした。

引っぱられながらも李奈は蜂の巣を見上げていた。しだいに違和感が募ってくる。

李奈はその場に踏みとどまった。「ちょっとまって。優佳」

「なに？」優佳のこわばった顔が振りかえった。「やばいって。あんなでかい蜂の巣」

「それがおかしいの。ずいぶん綺麗《きれい》じゃない？　できたばかりって感じ」

「だからなに？　いっそう危ないじゃん。若い蜂がいっぱい棲《す》んでるかも……」

「こんな寒い季節に？　ねえ優佳。成兼智子さんの話、おぼえてる？　旦那《だんな》さんはピノチオで聖書の持ち主に会い、家に招かれたけど、大きな蜂の巣に怯《おび》えて逃げ帰ったって」

「ああ……。たしかにそんな話あったよね」

「何年も前のことでしょ。なのにいまだに真新しい蜂の巣がここにある……。あれ木彫り細工じゃない？」

優佳が頓狂《とんきょう》な声をあげた。「木彫り細工？」

一般的にスズメバチの巣は褐色で、ちょうど木目のような筋が幾重にも波打っている。池波正太郎《いけなみしょうたろう》の小説で読んだことがある。江戸の家屋では、木彫りで偽の蜂の巣を作り、軒下に取り付けたりした。蜂の巣ができがちな場所に設置すれば、新たな巣が生まれるのを防げるという。空き巣対策にも有効だと書いてあった。

李奈は及び腰ながら玄関先に戻った。スズメバチの巣を仰ぐ。リアルな出来ばえだ。本物かもしれない。しかし井手は木彫り職人だ。疑ってみる価値はある。

「悪いけど」李奈は優佳に頼んだ。「手を貸して」

「本気なの?」優佳が両手を組み合わせ、足場を作ってくれた。「だいじょうぶ?」

片足の靴を脱ぎ、優佳の手の上に乗る。勢いをつけ、李奈は軒下へと伸びあがった。優佳がリフトアップしてくれる。たちまち手が巣に届きそうになった。

李奈はつぶやいた。「優佳。力があるんだね」

「高校のころチアリーディング部だったから、こういうのには慣れてる。李奈は軽いよね。ちゃんと食べてる?」

「最近は食費に余裕がでてきたけど、食欲はなくて……」李奈の手が巣に触れた。硬い感触だった。それだけではなんともいえない。

つかんだまま手前に引いてみた。しっかり貼りついているせいで剝《は》がれない。さらに力をこめたとき、弾《はじ》けるような音とともに、巣の一部が外れた。李奈はのけぞってしまった。あたふたしながら体勢を崩し、ふたりは庭先に転倒した。

優佳が地面に尻餅《しりもち》をついた状態で呻《うめ》いた。「痛《いた》た……」

李奈は身体を起こした。「優佳、ごめんね。だいじょうぶ？」

「平気」優佳は服に付着した土を手で払いながら立ちあがった。ぼんやりと李奈を見下ろす。その顔が驚きの表情に変わった。「李奈！　それって……」

はっとして李奈は手もとを眺めた。割れた巣の一部、正確には巣を模した木彫り細工の蓋《ふた》だ。地面に鍵束が転がっていた。

ふたりは顔を見合わせた。李奈は鍵束を拾い、急ぎ腰を浮かせた。優佳とともに家の裏手へと駆けだす。

木彫りの蜂の巣は、内部が空洞になっていたようだ。鍵の隠し場所に最適だった。李奈は物置に走り寄った。鍵束の鍵を一本ずつ、次々と鍵穴に試す。

やがて合致する鍵があった。ひねると解錠の音がきこえた。引き戸を開け放つ。内部には砂埃《すなぼこり》が堆積《たいせき》していた。いくつもの木彫りの工芸品が、ビニール袋に包まれた状態で保管してある。その傍らには紐《ひも》が十字にかけられた書物の束があった。李奈はそれを物置の外にだした。紐をほどき、ばらけた書物を一冊ずつたしかめる。古びた本が大半を占めていた。和紙を表紙にした『小倉百人一首』はぼろぼろだった。明治元訳聖書の当時の版もある。そして……。

李奈は息を呑《の》んだ。優佳も愕然《がくぜん》とする反応をしめした。

朽ち果てる寸前の表紙に、短冊状の題簽《だいせん》が貼りつけてある。題名が縦書きに記載されていた。『丸善篇製新約聖書』。震える手でページを繰ってみる。見るかぎり完品だった。欠落している箇所はない。

思わず李奈はつぶやきを漏らした。「やった……」

優佳が目を輝かせた。「やったじゃん、李奈!」

たちまち気分が昂揚《こうよう》した。李奈ははしゃぎながら飛びあがった。優佳も同じようにしていた。互いに手を取り合い跳ねまわった。

求めよ、さらば与えられん。聖書の言葉は真実だと実感した。疲労も焦躁《しょうそう》も憂鬱《ゆううつ》も、いまやなにもかも吹き飛んだ。身体が果てしなく軽い。生まれ変わったかのようだ。

23

李奈はただちに樋爪の名刺にある電話番号に連絡した。陽が傾きかけてきたころ、李奈は代々木《よよぎ》公園に家来樹《カラージュ》を呼びだした。

場所の指定は譲らなかった。人目がある開けた場所で取引します、李奈は強気にそう伝えた。密室で軟禁状態になり、肝を冷やすのはもうたくさんだった。

噴水池のほとりにベンチが連なる広場がある。赤く染まる斜陽を受けながら、李奈と優佳は黒スーツの集団と再会した。きょうは鴇巣社長やエルネストの取締役は同行していない。

家来樹《カラージュ》は一様にいろめき立っていた。樋爪が鼻息荒く手を差し伸べてきた。「ブツをこっちにもらおう」

李奈は丸善版聖書を後ろにまわした。「もう二度と干渉しないと誓ってもらえますか」

蘭子がじれったそうにいった。「杉浦さん。あとで報酬を払うから、そのときだけは連絡を取り合う必要があるでしょ」

「報酬なんかいりません」

隣で優佳が目を丸くした。「李奈」

「幕府御用金は国のものでしょう」李奈は蘭子を見かえした。「たとえ鴇巣社長が、一割か二割の報労金を受けとれたとしても、こんなやり方で情報収集したのはまちがってます」

樋爪は表情を変えなかった。「なんでもいい。報酬がほしくないのならそれでもかまわない。だが研究本を書く気はないのか？」

「この聖書はすべてのページが揃ってます。これがあればあなたがたは満足のはずです」

「わかった。それが本物なら、もう今後は干渉しないと約束する。さあ、聖書をこっちに渡せ」

李奈はためらいをおぼえたものの、一刻も早く嫌がらせをやめさせたい、その思いのほうが勝《まさ》った。丸善版新約聖書を樋爪に差しだした。

聖書を受けとるや樋爪が、黒スーツのひとりに声をかけた。「佐野《さの》」

佐野と呼ばれたのは、家来樹《カラージュ》のなかでは細身で色白の、黒縁眼鏡をかけた男だった。体力勝負の集団のなかで、知的な作業を担う立場かもしれない。佐野はノートと書類をとりだした。書類は例の暗号文のコピーだとわかる。

ベンチに腰掛けた佐野は、膝《ひざ》の上にノートをひろげた。暗号文と丸善版聖書を照合しながら、ノートにペンを走らせていく。作業を進めつつ佐野がいった。「暗号は一行につきひと文字を表してる。最初の〝希〟は希伯来書《ヘブライ》、〝加〟なら加拉太書《ガラテヤ》。区別がつかないときには頭文字以外の表記になってる。〝林前〟は哥林《コリント》太前書、つまり『コリントの信徒への手紙一』。〝林後〟なら『手紙二』。〝西〟は哥羅西《コロサイ》書。〝可〟は馬可《マルコ》伝で〝太〟が馬太《マタイ》伝」

樋爪が佐野にきいた。「それ以降は大字《だいじ》や漢数字で、章と節、何文字目かを表してるんだな」

「そう。まず〝加ノ弐ノ玖ノ廿伍〟だから、ガラテヤ書二章九節二十五字目。この聖書で該当する字は……〝は〟だな。それからコリント前書十六章十九節三字目。〝ヤ〟か。次が『使徒言行録』十三章二十一節三十六字目。〝族〟だ……」佐野の表情がみるみるうちに曇りだした。「おかしい。これはコードブックじゃないぞ」

「なに!?」樋爪が歩み寄った。「たしかか？」

「ああ。見てみろ。指定された一字ずつを拾っても、まるで文章の体《てい》をなさない」

李奈は茫然《ぼうぜん》とした。優佳が不安そうに見つめてくる。なにが起きているのか李奈にも不明だった。

「おい！」樋爪が血相を変え、李奈に詰め寄ってきた。「こりゃいったいなんだ。丸善版聖書はどこだ」

「そんな」李奈は困惑するしかなかった。「丸善の社長室に掛かってた写真と、まったく同じ表紙じゃないですか。要求どおりの丸善版聖書ですよ」

「コードブックにならないってことは偽物だ」

優佳があわてたように口をはさんだ。「暗号のほうが偽物じゃないんですか？」

佐野は硬い顔をあげた。「サカタリサーチにある書簡はすべて本物だよ。研究機関の専門家による折り紙つきだ。まちがってるとすれば聖書のほうだ」

とても信じられない事態だった。李奈は佐野に近づいた。「拝見してもかまいませんか」

すると佐野が脇にずれた。李奈は空いた席に座った。膝の上に暗号文を置き、聖書から一字ずつ拾っていく。

〝はヤ族ダ來汝ぼ……〟。李奈は途方に暮れるしかなかった。たしかに佐野のいうとおりだった。文章としてまるで意味をなさない。並べ替えるわけでもなさそうだ。拾える字がことごとく微妙すぎる。

李奈は震える声でささやいた。「コードブックが丸善版聖書ではなかったとしか……」

樋爪が苦々しげに声を荒らげた。「そんなはずはない！　ほかの文書や電報も見ただろ。これ以外にはありえないんだ。畜生。聖書の真贋《しんがん》を専門家に鑑定してもらうしかないな」

佐野が難しい顔になった。「鴇巣社長がいってたろ。専門家に払える賄賂《わいろ》も底を突いてる。俺たちで当たろうにもコネがないし」

「そんなこといってる場合か。いままでの仕事がタダ働きになっちまうぞ。誰か専門家はいないのか」

「研究機関は無理だ。フリーランスの専門家だな。強いていうなら」佐野が李奈を指さした。「彼女の友達だろ。ときどき神楽坂で会ってたじゃないか」

樋爪が真顔になった。「ああ、そうか。万能鑑定士Qか」

優佳はあきれたようにいった。「もうその店名じゃないですけど」

「なんでもかまわん」樋爪が李奈を睨《にら》みつけてきた。「小笠原莉子に連絡をとれ。いますぐにだ」

李奈は恐怖とともに立ちすくんだ。とうとう莉子まで巻きこんでしまう事態になった。

24

小笠原莉子に電話するにあたり、余計なことは喋《しゃべ》るなと樋爪から釘《くぎ》を刺された。丸善版聖書を鑑定していただけないでしょうか、李奈はそう伝えるに留《とど》めた。莉子は神楽坂のトキカフェで、夫婦でまっているといった。

李奈と優佳はワンボックスカーに乗せられ、神楽坂へと向かった。移動中スマホを操作するのは許されなかった。肩身の狭い思いで後部座席に揺られること三十分、神楽坂のコインパーキングに到着した。

もう黄昏《たそがれ》どきを迎えていた。会社帰りのサラリーマンやOLで賑《にぎ》わう神楽坂を、黒スーツの集団に囲まれ、ぞろぞろと歩いていく。トキカフェはすぐ近くにあった。洒《しゃ》落《れ》たドアを樋爪が押し開け入店する。李奈は申しわけない気分で、優佳とともにつづいた。

明るい店内は空いていたが、たちまち黒スーツでいっぱいになった。従業員も唖然《あぜん》としていた。何人かいた客はただちに支払いを済ませ、逃げるように退店していった。

この店には個室もあるのだが、小笠原莉子はふつうの席にいた。一緒にいる夫を見て李奈は面食らった。くたびれたスーツ、面長というより馬面、かなり老けて見える。小笠原悠斗《ゆうと》は莉子より三歳年上のはずだが、十歳以上開きがあるように思えてならない。莉子が立ちあがりおじぎをする一方、夫のほうはおっくうそうに腰を浮かせ、軽く頭をさげただけだった。

莉子は戸惑いのいろを浮かべた。「李奈さん。この人たちは……?」

樋爪が近くの席にどっかりと腰を下ろした。「俺たちもあんたと同じ、杉浦李奈の友達だよ。会えて光栄だ。これを鑑定してくれ」

丸善版聖書がテーブルに投げだされる。莉子が気遣わしそうな目を李奈に向けてくる。李奈は心のなかで詫《わ》びるしかなかった。

小笠原夫妻を囲むように黒スーツらが着席する。李奈と優佳もそのなかに埋もれるように座った。従業員が怖々と近づき、当店はセルフサービスですと呼びかける。すぐ帰るんでな、樋爪はそういった。

莉子は夫と顔を見合わせ、軽くため息をついた。ハンドバッグから白い手袋をとりだし両手に嵌《は》める。莉子はそっと聖書の表紙をめくった。「拝見します」

猫のように吊《つ》りあがった大きな瞳《ひとみ》が、文面の隅々まで丹念に読みこむ。のみならず紙のにおいを嗅《か》ぎ、紙質をたしかめるように指でこする。ページのノドに挟まった埃《ほこり》まで観察する。異様な気迫を放っていた。鑑定中は話しかけられることをいっさい拒む、そう書かれた沈黙の盾を掲げている。

蘭子が樋爪にささやいた。「杉浦李奈と話していいですか」

なにをだ、と樋爪が蘭子に目で問いかけた。蘭子がじっと樋爪を見つめる。やがて樋爪は無言のまま李奈に顎《あご》をしゃくった。

するとと蘭子が腰を浮かせ、李奈のもとに近づいてきた。「伝えておきたいことがある。あなたに嫌がらせをしたのはわたしたちではないの」

李奈は訝《いぶか》しく思った。「じゃ誰のしわざなんですか」

「エルネスト社の取締役、福津と鵜瀬。ふたりは鴇巣社長の側近で手足。いつもつるんでる。ほかの社員は、社長の埋蔵金探しなんて、ほとんど知りもしない。みんななんらかの事業の一環と信じ、調査の一部を手伝わされてる」

慶喜を専門に調査するディスポーザルの本社は、鴇巣の地元に設立されている。おそらく身内同然の旧知の仲間だけで固めたのだろう。エルネスト社が組織ぐるみで幕府御用金を奪おうとしているわけではなさそうだ。すべては鴇巣社長と側近ふたりの犯行か。

とはいえ家来樹《カラージュ》は鴇巣にとって力強い味方のはずだ。李奈は納得がいかなかった。

「嫌がらせを請け負ってるんじゃないのなら、あなたたちの役割はなんですか？」

「わたしたち？　雑用以外は群れをなして威圧感をあたえるだけ。反社はたいていどこでもそう」

「ネットに低評価をつけたり、悪い噂を流したり、英知書院前で盗み撮りをしたのは……」

「家来樹《カラージュ》じゃない。鴇巣社長ら三人がサカタリサーチを雇ってやらせた」

「なぜいまそんな話をするんですか」

「……わたしはあなたが嫌いじゃない。自分たちがクズなのは承知してるけど、そこだけはわかっててもらいたかった」

蘭子は返事をまつようすもなく、ぶらりと離れていくと、また椅子に戻った。李奈は蘭子を振りかえったが、もう目が合うことはなかった。

ほかの黒スーツらも顔いろを変えずにいる。樋爪も同様だった。蘭子の発言はきこえていただろうが、特に咎《とが》めるようすもない。彼らにとっても、嫌がらせの実行犯と信じられたままなのは不本意なのだろうか。徒党を組んで圧力をあたえてくる時点で、充分に反感を抱くに値するのだが。

莉子が聖書を閉じた。「偽物です」

一同がぎょっとした。樋爪が面食らった顔で莉子を見つめた。「たしかなのか?」

「百パーセントです」莉子があっさりと応じた。「これ丸善版聖書なのは表紙だけで、中身は明治十七年に三省堂書店が出版した、明治元訳聖書の三省堂改訂版です」

李奈は驚いた。「三省堂も聖書をだしてたんですか?」

「ええ。出版事業を始めるにあたり、辞書の編纂《へんさん》と並行して、TR新約聖書の出版権を日本基督《キリスト》教団に打診したの。一千部の限定で認可を受け、宣教師の監修のもと一部を改訂、三省堂からいちどきり出版された」

「めずらしい物ではないんですか」

「三省堂版聖書は日本基督教団公認の、TR新約聖書翻訳版の一形態だから、全国の信者に普及した。いまでも多く残ってるし、古書としての価値もそれなり」

「それなりというのは、具体的にどれくらいですか」

「三万円から五万円で取引されてる」

黒スーツのなかで佐野が嘆いた。「そのていどか」

樋爪が嚙《か》みつくようにいった。「小笠原先生。まちがいないんでしょうね」

莉子は聖書を傾けた。「これ見えますか？　表紙が貼り直された痕《あと》です。糊《のり》はわりと新しい」

「誰がなんでそんなことをしたってんですか」

「表紙だけ綺麗《きれい》に残ってて、中身がぼろぼろだったから、博物館の展示に際し体裁を取り繕ったとか。稀少《きしょう》ではあっても特に価値が吟味される物ではないし、雑なあつかいを受けたのかも」

「さすが万能鑑定士さんだな」樋爪は聖書をひったくった。「あんたがいたほうが仕事がはかどりそうだ。でかける準備をしてくれないか」

莉子が表情を硬くした。隣の夫がのっそりと身を乗りだした。「どこへ行くんだ」

「旦那《だんな》には関係ない」樋爪が凄《すご》んだ。「奥さんにいってんだよ」

夫がなおもきいた。「なにを?」

「一緒に来てもらおうってんだ」

「ああ。そいつは」莉子の夫がなにかをテーブルに置いた。「俺の台詞《せりふ》だな」

家来樹《カラージュ》の面々が絶句し、いっせいに腰を浮かせた。樋爪も目を瞠《みは》っている。テーブルの上には警察官の身分証が開かれていた。

莉子の夫を装っていた男性がいった。「牛込《うしごめ》署の葉山《はやま》。誘拐や脅迫の疑いで取り調べる前に事情をききたいが」

樋爪は苦い顔で立ちあがると、吐き捨てるように言い残した。「まだ任意の段階だろが。邪魔したな」

黒スーツがいっせいに席を離れた。入ってきたときと同じぐらい迅速に引き揚げていく。蘭子も不満げな顔で歩調を合わせる。家来樹《カラージュ》はひとり残らず退散し、店内はまたがらんとした。

李奈は優佳に目を向けた。優佳のひきつった顔が見かえす。その表情がたちまち弛《し》緩《かん》した。情けない声を優佳が発した。「助かったぁ」

同じくほっとしたとたん、李奈の全身に疲労感が押し寄せてきた。椅子からずり落ちそうになるのをかろうじて自制する。李奈は優佳と手を取り合った。「やっと解放された……」

莉子が心配そうに問いかけてきた。「だいじょうぶ？　ふたりとも」

「なんとか」李奈は葉山に視線を移した。「そちらの方は本当に……？」

「そう」莉子が微笑とともに紹介してきた。「葉山警部さん。むかしからの知り合い」

「存じあげてます。『万能鑑定士Qの事件簿』を読んでたので。警部に昇進なさったんですね」

葉山がため息をついた。「馬面と書かれたのはいまだに気にいりませんが」

優佳は唖然《あぜん》とした面持ちになった。「警部さんだったんですか？　本物の旦那さんは……」

莉子が答えた。「夕方に帰ってきたけど、いまごろは子供に夕ご飯作ってくれてる」

「へえ……。まめな旦那さんですね」

「杉浦さん」葉山が真剣な顔を向けてきた。「凛田《りんだ》先生から、いえ小笠原先生から相談を受けましてね。あなたがどうも危なっかしい状況にあるみたいだと。いまのあいつらはなんですか。あきらかに反社集団でしょう。通報していただかないと」

李奈は当惑とともにささやいた。「はい……。どうもすみません。でも……」

「ねえ李奈さん」莉子が穏やかにいった。「どう見てもかなり深刻な事態でしょ。ひとりで対処できる範囲を超えてる。誰かを頼るのは甘えでも弱さでもないから」

「そうですね……」李奈の視線は自然に落ちた。莉子のいうとおりだろう。小説家としての評判を気にし、将来を悲観しすぎて、警察への通報を先延ばしにした。それは好ましくない判断だったかもしれない。現に脅迫を受け、連れまわされ、友達の優佳にまで迷惑をかけてしまった。

葉山がいった。「杉浦さん。明朝、署へ相談に来てくれますか。うちの管轄でなくとも、私からきちんと伝え、警察として適切に動くよう働きかけますから」

「ありがとうございます」李奈は安堵《あんど》したせいか、また涙ぐみそうになった。「どうかよろしくお願いします」

莉子が笑いかけた。「葉山さん。頼りになりますね」

「いえ」葉山が仕方なさそうに応じた。「結婚してお子さんもできて、すっかり落ち着かれたんだから、ほどほどにしてくださいよ。前みたいに二か月にいちどの事件は願い下げです」

「そうはいっても、また神楽坂に事務所を構えたので。しばらくはお世話になります」

「今度の事務所名は？　万能鑑定士Qじゃないんでしょう？」

「まだ決まってないんです。そのうちぜひお立ち寄りください」

「白金にご新居をお持ちですよね？　綾瀬《あやせ》はるかの映画化で儲《もう》かったのに、またお仕事をなさるなんて」

「せっかく得意なことがあるんだから、世のなかの役に立ちたくて。葉山さんもそうでしょう？」

「まあね。喜ばれることはめったにありませんが」葉山が腰を浮かせた。「では杉浦さん。ご相談をおまちしています。ご友人ともども、気をつけてお帰りになってくださいよ」

李奈も立ちあがりおじぎをした。「明朝うかがいますので」

葉山は退席しかけたが、ふいに振りかえると莉子にきいた。「綾瀬はるかと松坂桃李《まつざかとおり》がつきあってたって噂、本当だったんですか」

「知りません。撮影は見てないので」

「ああ、そうですか。それじゃ」葉山はそそくさと立ち去った。律儀に従業員に騒動を詫《わ》びたのち、葉山は店の外に姿を消した。

莉子は腕時計を眺めた。「わたしも夫と子供をまたせてるから……」

李奈はまた頭をさげた。「莉子さん、感謝してもしきれません。助けていただけるなんて」

「無理しないでね。李奈さん。さっきの人たち、なんで丸善版聖書を必要としてるの?」

「いえ……。こちらの問題ですので」

優佳がささやいた。「小笠原さんを頼ったほうがよくない?」

これ以上迷惑はかけられない。李奈は莉子に笑みを浮かべてみせた。「明朝、葉山さんにすべて相談しますので」

「そう。とにかく危ないことだけはしないで。なにかあったらいつでも相談してね」

莉子がゆっくりと立ちあがった。

優佳も腰を浮かせた。李奈は優佳とともにおじぎをし、莉子を見送った。

店内が静かになった。このまま退店したのでは、従業員に迷惑をかけっぱなしになる。なにかオーダーしたほうがよさそうだ。李奈は疲れきった気分で椅子に座った。

すると優佳も腰掛けながら、小さな物体を差しだしてきた。「李奈。これ」

渡されたのはマイクロSDカードだった。李奈はつぶやいた。「あのときの……」

「そう。暗号文を写したやつ。小笠原さんにも見てもらったほうがいいと思ったんだけどなー。李奈が頼ろうとしないから」

「警察が助けてくれるから、それで充分」李奈は微笑とともに、マイクロSDカードを軽く握った。「このデータも葉山さんに渡さなきゃ。もうわたしたちの手に負える範疇《はんちゅう》じゃないし」

25

夜七時すぎ、李奈は阿佐谷のマンションに帰った。

自室のドアノブにポリ袋が下がっていた。兄の航輝からの手紙が添えてあった。夕食を一緒にと思って買ってきたが、留守だったので置いていく、そんな内容だった。

李奈は苦笑しながら部屋に入った。兄にエントランスの暗証番号を教えたのはまちがいだったかもしれない。また妹への過保護が顕著になってきている。

後ろ手に施錠し、靴脱ぎ場からフローリングにあがったとき、スマホが鳴った。とりだしてみると画面に那覇優佳と表示されていた。優佳からの電話だった。李奈は応答した。「もしもし」

嗚咽《おえつ》にまみれた優佳の声が、震えながら告げてきた。「李奈……。ごめん……」

衝撃とともに立ちすくんだ。李奈はきいた。「どうしたの？　優佳⁉」

すると電話の声が樋爪に代わった。「悪いな。今夜じゅうになんとかしてもらう必要が生じた。友達は本物の丸善版聖書と引き換えだ」

全身の血管が凍りつく。李奈はあわてて声を張った。「なにをいってるんですか。丸善版聖書なんか、もうどこにもありません。よくわかってるでしょう」

「そうはいっても、知ってのとおり鴇巣社長が切羽詰まった状態にあってな」

「知ってのとおり？」

「ニュース観てないのか」

「いま帰ってきたところですよ。知るわけないでしょう」

「あのあと呑気《のんき》に茶でもしばいてたのか。まあいい。とにかくデッドラインだ。俺たちも報酬ゼロになるかどうかの瀬戸際でな。すべてはあんたにかかってる。警察には知らせるな」

「なにをしろっていうんですか！　ないものはないんです。丸善版聖書なんか見つかりません」

「それでも見つけてもらわなきゃならない。幕府御用金の在処《ありか》が判明するまで、俺たちの仕事は終わらないんだ」

「嫌がらせをしたきゃすればいいでしょう！　優佳には手をださないでください」

「蘭子が話したとおり、嫌がらせは俺たちの仕事じゃないんだ。エルネストの取締役らも、会社が破産すれば、もうあんたにちょっかいはださないだろう。だがな、俺も社員の仕事に報いなきゃならない。収益がないまま撤退はできん」

「幕府御用金は国のものです。横領を前提とした仕事を請け負ったこと自体、あなたのまちがいです」

「鴇巣社長が国に届けでて、発見者としての報労金をもらうのでもかまわない。俺たちは約束の金をもらう」

「あなたたちがやってることは誘拐ですよ！」

「引くに引けないんだ。あんたにも理解してもらいたい。無理難題を押しつけてることとは承知してる。それでももう鴇巣社長と俺たちは、あんたという奇跡にすがるしかないんだよ」

「わたしはただの小説家ですよ？」

「小笠原莉子は牛込署の刑事とつるんでてアプローチできない」

「わたしだって明朝には署に相談に行きます」

「今夜じゅうはまだ警察に接触しないんだろ。友達のことを思え」

通話が切れた。ビジー音が耳もとで反復する。李奈は放心状態でたたずんだ。のっぴきならない状況に思考がついていかない。李奈は仕事部屋に駆けこんだ。照明を点《つ》けるやテレビの電源をオンにする。帰宅途中はスマホのニュースをチェックしなかった。世間でなにが起きているのかわからない。

NHKニュースだった。どこか夜のオフィス街が映しだされている。中継のテロップがあった。ビルのエントランス前に群衆が押しかけている。物凄《ものすご》い剣幕だった。なかにいれろ、社長をだせとわめき散らしている。警備員らが立ちふさがり、必死に行く手を阻んでいた。

汐留《しおどめ》エルネスト本社前、そんなテロップもでている。リポーターの声がいった。

「お伝えしていますように、期日を過ぎても返済を受けていない債務者らが、エルネスト本社に押しかけています。間もなく倒産との噂が流布し、市場にも混乱がひろがっています。鴇巣社長は現在、社内にいるようで……」

まさに落城寸前、エルネストはそんな状態にあった。鴇巣は帰宅すらかなわず、本社のなかに足どめになっているのか。社長の側近には例の取締役ふたりがいるが、どちらも勝海舟ではなかったのだろう。無血開城には至らず、騒動が大きくなるばかりだった。

家来樹《カラージュ》がこの惨状をまのあたりにし、取り乱すのもわからないではない。ある意味彼らも、いまテレビに映る債権者らと同じ立場にある。ただしそれでも優佳の誘拐は許せない。やることが度を越している。反社どころか犯罪者集団ではないか。

牛込署の葉山に連絡するべきか。だが警察には知らせるなと樋爪から警告を受けた。優佳の身に危険が及んでは困る。

不安と緊張のせいで膝《ひざ》が震えてくる。李奈は床にへたりこんだ。うつむくと視野に涙が滲《にじ》みだした。

優佳。誰よりも心の通いあう友達。いつも李奈を信頼してくれた。志を同じくし、励ましあいながら歩んできた。優佳が怖い思いをしている。それだけでも胸が張り裂けそうだ。事態はそのレベルで済まされないかもしれない。想像しただけでも焦燥が募ってくる。

李奈は視線をあげた。机を眺める。こみあげる怒りとともに決意が生じた。友達の窮地を見過ごせるはずがない。小説なら単なるお約束の展開だろう。けれどもこれは現実だった。そう意識したとたん、底知れぬ恐怖が湧いてきて、絶えず気持ちを萎《な》えさせようとする。そんな弱腰な自分に打ち勝たねばならない。

立ちあがると椅子を引き、机に向かい合った。優佳から受けとったマイクロSDカードをアダプターに嵌《は》める。パソコンのスロットに挿入した。

モニターに静止画を表示する。画像は鮮明で、暗号文を読むのに支障はない。問題はこれらをどう解読するかだ。

机の上にはあらゆる版の新約聖書が置いてあった。片っ端から開いてみる。『ガラテヤ人への書』二章九節、二十五文字目……。口語訳は内容を理解するのに適しているが、そこから丸善版聖書の文章を思い描くのは不可能だ。文語訳の明治元訳聖書にしろ大正改訳聖書にしろ、丸善版聖書を下敷きにしてはいないため、参考にできる箇所はない。原本がTRであってもNAであっても、丸善版を知る手がかりにはなりえない。一字一句正確に再現できなければ、コードブックの役割は果たせない。

たとえば以前に比較したマタイ伝七章一節。目のなかに入る邪魔なものについて、〝物屑《ちり》と梁木《うつばり》〟とか〝おが屑と丸太〟とか、喩《たと》えの訳もさまざまだった。ほかの翻訳版では〝塵《ちり》と梁《はり》〟となっていて、韻を踏んでいるぶん、文体としては洒落《しゃれ》た感じになる。ただし急に梁といわれても頭に浮かびにくい。物体のわかりやすさを優先すれば

〝おが屑と丸太〟になるのだろう。そのように文章表現は訳者によりさまざまで、使われる文字も語順も千差万別だった。丸善版聖書の一行でもわかれば、翻訳の構文について推察できるが、入手できない以上はそれもできない。

たぶん二度同じ文字を暗号化する場合、極力異なる箇所から引用しただろう。同じ箇所からの引用が繰りかえされれば、原文でも同じ字がつづくと一目瞭然《いちもくりょうぜん》になってしまう。

解読のヒントになりそうな部分は皆無だった。強いていえば四通の暗号文について行数が二十六行で共通している。すなわち原文の字数が四通とも揃っていることを意味する。四通の送り先は山口、高知、大分、福岡の各警察署。山陰《さんいん》地方と四国、九州。場所的にはあるていど集まっている。

別の二通も二十七行で一致していた。ただし北海道と千葉県の警察署への送付だ。地域に共通点はない。そこに着目しても意味はないのだろうか。

机の上には、丸善が聖書と同時期に刊行した『學校用物理書』の復刻版もあった。これは図書館で借りられた。原本は明治十一年から十四年刊だが、漢字やひらがなやカタカナ、あらゆる文字が用いられている。丸善版聖書も同様だろう。字を絞りこむことは不可能だった。

考えあぐねているうちにも、時間は刻一刻と過ぎていく。李奈は両手で頭を抱えた。優佳……。

ふとひとつの考えがよぎった。暗号文が御用金の埋蔵場所をしめすとする。〝御用金は○○に埋まっていたのを、××に埋め直せ〟というようなメッセージだったとすれば、○○と××以外は、聖書から文字をピックアップする位置がちがうだけで、文章自体は同じかもしれない。なら全体の字数が揃うということは、地名の字数が共通しているのではないか。

北海道と千葉県の二か所について、まず字数が同じ地名を列挙したらどうだろう。山口、高知、大分、福岡の四か所に関してもそうする。それが突破口になるだろうか。いや地名にとらわれず考えてみるべきだ。それらの組み合わせに等しく存在する名称は。

推論がレンズの焦点のごとく、じりじりと一か所に集まりだす。李奈ははっとした。手近な聖書を片っ端から開いてみる。

翻訳がちがえば文字自体も異なるかもしれない。明治元訳聖書に使われていた文字が、丸善版聖書の同じ章、同じ節内にあるとはかぎらない。それでも原文はどちらも新約聖書だ。おおよその意味を読み取り、類語も推測できる。そんなふうに考えが改まってきた。

聖書と暗号文をかわるがわる見るうち、ふいに衝撃が走った。落雷に打たれたように全身が痺《しび》れた。

これだ。慶喜が勝海舟に伝えた埋蔵金の秘密。いまや手にとるようにわかる。たしかに江戸城の金蔵には保管されず、全国に分散されていた。暗号文はそれらについて一か所ずつ、埋蔵場所をしめしている。謎は解けた。なんと一介のラノベ出身作家が解き明かしたのか。とうとう秘密があきらかになった。

李奈はマウスをつかみ、印刷ボタンをクリックした。暗号文の画像が印字されていく。プリンターの受け皿に溜《た》まった、印刷済みの紙束を手にとる。一冊の聖書にはさみ、玄関へと足ばやに向かった。

警察に通報はしない。莉子にも頼らない。フリーランスはどうせひとりだ。これからも作家でありつづけたい。だから脅威にはひとりで抗《あらが》う。

26

夜の汐留のオフィス街は閑散とし、コンビニの看板すら消灯している。この辺りのコンビニは二十四時間営業ではない。働く者がいなければ無人地帯も同然だからだろう。

李奈は足ばやに路地を抜けていった。行く手には喧噪《けんそう》がある。ビル群のなか、やや小ぶりな十五階建てのスマートなガラス張り、そのエントランスに人だかりがしていた。妙に明るいのはテレビ局が照明を焚《た》いているせいだ。

中継で観た以上に騒々しい。債権者の数は倍に膨れあがっていた。誰もが血相を変え、わめき散らしながら警備員らに詰め寄っている。よほど阿漕《あこぎ》に金集めをしてきたのだろう。抗議のさまが激しく、まるで外国のニュースのようだ。みな生活がかかっているらしく死にものぐるいだった。スーツの男性が多いが、なかには主婦然とした女性もいる。エルネスト社は純粋持株会社で、一般相手の貸金はしていないはずだが、裏でどんなことをしてきたかわかったものではない。

李奈はカバンを胸に抱え、人混みのなかに突入した。押し合いへし合い、身体ごと潰《つぶ》されそうなほど圧迫されながら、がむしゃらに前方へと進む。

やっとのことで最前列に躍りでた。制服の警備員のひとりと向かい合う。李奈は警備員に声を張った。「杉浦李奈です！」

「誰ですって？」警備員が眉《まゆ》をひそめた。

「鴉巣社長に用があって来たんです。緊急です。取り次いでもらえませんか」

債権者のひとりと思ったのか、警備員は決まりきったような口調で突っぱねてきた。

「事前にお約束がなければお取り次ぎできません。お引き取りください」

ところがそのとき、エントランスのガラス戸が開き、黒スーツが三人でてきた。ひとりは蘭子だった。蘭子が驚きの顔を向けてくる。李奈は蘭子に手を振ってみせた。

駆け寄ってきた蘭子が警備員に耳打ちする。警備員は当惑顔で李奈を通した。ほかの債権者の群れがつづこうと押し寄せる。ただちに大勢の警備員が隙間なく立ちふさがり、人の波を押しとどめる。エントランス付近の混乱に拍車がかかった。

怒号が渦巻く一帯を抜けだす。李奈は冷や汗をかきながらガラス戸の前に達した。蘭子ら三人の黒スーツが、李奈をガードしつつガラス戸を押し開ける。なかへと案内してくれた。

受付のカウンター前を抜けた向こう、広々とした吹き抜けのホールは薄暗かった。ロビー全体が消灯している。天窓からわずかに夜空の光が注ぐにすぎない。大理石の床、西洋風のモールを張りめぐらせた壁、贅《ぜい》を尽くしたすべてが色彩を失い、モノトーンのなかに沈んでいた。

目を凝らすと黒スーツがいたるところにいた。顎髭《あごひげ》の樋爪も近くに立っている。問題はロビーの奥だった。演壇のように高くなった床の上、椅子にうずくまるように座る、白髪頭の男が見える。鴇巣社長だった。福津と口髭の鵜瀬、ふたりの取締役も、鴇巣社長に寄り添うように立つ。

そこにはもうひとつ椅子があった。ずっと項垂《うなだ》れていた顔があがった。暗がりでも目を丸くしたのが見てとれる。優佳が立ちあがった。「李奈!」

駆けだした優佳を鵜瀬が捕えようとする。しかし優佳はつかまれかけた手を振りほどき、演壇状の床から駆け下りた。優佳は泣きじゃくりながら李奈のもとに駆けてきた。

黒スーツらは阻まなかった。優佳は李奈に抱きついた。李奈もカバンを床に落とし、優佳をしっかりと抱き締めた。自然に涙が滲《にじ》んでくる。気づけば李奈の視界も涙で波打っていた。

李奈はささやきかけた。「優佳。怪我はない? 無事でよかった」

「怖かったよ、李奈」優佳はなおも震えていた。「来てくれて嬉《うれ》しい。だけど危ない目に遭ってほしくなかった」

「友達でしょ」李奈は心からいった。「ひとりにしておけるわけがない」

せわしない靴音がきこえた。福津と鵜瀬がつかつかと歩み寄ってくる。優佳の手をつかみ強引に連れ戻そうとする。李奈から優佳が引き離された。優佳は激しく身をよじり抵抗している。

「やめてください！」李奈は怒鳴った。「暗号は解読しました。内容が知りたいのなら、優佳から手を放して！」

ざわっとした驚きがひろがる。演壇状の床の上で、鴇巣がゆっくりと立ちあがった。

「なに？」鴇巣のささやきがホールに響き渡った。「丸善版聖書を見つけたのか？」

「いいえ」李奈は首を横に振った。「でも暗号は解読できたんです」

「馬鹿をいうな。丸善版聖書もなしに解けるものか」

「埋蔵金の在処《ありか》が知りたいのか、知りたくないのかどっちなんですか」

「それはむろん知りたい。だが不可能なはずだ」

「その不可能を可能にしろと、無理難題を押しつけてきたのはあなたでしょう。優佳を人質にとるなんて」

「家来樹《カラージュ》は手段を選ばず尽くしてくれる。彼らの考える最善の手段だ。そこに文句をつけても始まらん」

だが優佳に詰め寄っているのは福津と鵜瀬、エルネスト社の取締役ふたりであって、黒スーツではなかった。樋爪が不満げな表情をのぞかせたのを、李奈は視界の端にとらえた。

「あー」李奈は気づいたことを口にした。「誘拐は家来樹《カラージュ》じゃなく、鴇巣社長の考えですよね」

福津が目を怒らせた。「実行したのは家来樹《カラージュ》だ」

「でも強制したのは鴇巣社長と、取締役のお二方ですよね？　家来樹《カラージュ》は凄《すご》むだけで、本当に罪を犯すのは望んでない。なのにあなたたちが従わせてるんです。莫大《ばくだい》な報酬を担保に」

樋爪がためらいがちに告げてきた。「手荒なことは本意じゃなかった。だが杉浦李奈、あんたと友達も大儲《おおもう》けできるんだ。協力して損はないといいたかった」

「でもこんなやり方はまちがってます。鴇巣社長に雇われたことが、そもそも正しくなかったんです」

「……いまさらそれをいっても始まらない」

黒スーツのなかで唯一の黒縁眼鏡、佐野が李奈にたずねてきた。「本当に暗号が解読できたのか？　誰か専門家を頼ったのか」

「いえ。わたしひとりで解きました」

鴇巣はまだ壇上に立っていた。「暗号文はサカタリサーチに保管されてるんだぞ。

どうやっておまえが解けるというんだ」

李奈はカバンを拾いあげた。プリントアウトした紙の束をとりだす。「画像なら撮影してあります」

「どうやった？　いや、そんなことはいい。丸善版聖書の一部か、コピーでも手に入ったのか」

「ないっていってるでしょう」

「それで暗号文を解いた？　三流小説家の作り話で翻弄《ほんろう》する気か」

苛立《いらだ》ちがこみあげてくる。李奈はため息まじりにいった。「三流小説家を頼ったのはあなたでしょう。専門家はみんなお手上げ、相手にしてくれるのはわたしぐらいしかいなかった。少しはすなおに耳を傾けたらどうなんですか」

「……いいだろう。だがコードブックなしに暗号文が解けるものか。眉唾《まゆつば》だ」

李奈はカバンから数冊の聖書をとりだした。「北海道と千葉に送られた暗号文は同じ行数、二十七行。つまり原文の字数が同じ二十七字。山口、高知、大分、福岡の四か所も二十六字で揃っています。暗号文のなかに同じ字数の地名を含んでいるのでは？　いえ、聖書から字をピックアップした位置がちがうだけで、ひょっとしたらそれらは同じ原文なのでは？」

鴨巣が唸《うな》った。「原文の字数が同じというだけが根拠か。それら二通ないし四通について、全文が共通しているとの推測は、まあ矛盾はしていない。可能性のひとつとして成り立たなくはないな。それで?」

「北海道に送られた暗号文。最初の行は〝加ノ弐ノ玖ノ廿伍〟です。『ガラテヤ人への書』二章九節というところまでは、ほかの聖書でも参照できる。けれども何文字目という指定については、丸善版聖書がなきゃ、どんな字なのかわからない。その字がほかの翻訳版に入っているかどうかも不明です」

「意訳や類語による訳もあるだろうからな」

「大正改訳聖書でその節は〝また我に賜はりたる恩恵《おんけい》をさとりて、柱と思はるるヤコブ、ケパ、ヨハネは、交誼《こうぎ》の印として我とバルナバとに握手せり。これは我らが異邦人にゆき、彼らが割禮《かつれい》ある者に往かん爲なり〟となっています」

明治元訳聖書では〝また我に賜《たまひ》し所の恩を知《しり》しにより柱と意《おもは》るるヤコブ、ケパ、ヨハネも其右手《そのみぎのて》を予《あたへ》て我とバルナバに交《まじはり》を結《むす》べり是《これ》われらは異邦人《いはうじん》に至り彼等は割禮《かつれい》を受《うけ》たる者に至らん爲《ため》なり〟。『新共同訳新約聖書』では〝また、彼らはわたしに与えられた恵みを認め、ヤコブとケファとヨハネ、つまり柱と目されるおもだった人たちは、わたしとバルナバに一致のしるしとして右手を差し出しました。それで、わたしたちは異邦人へ、彼らは割礼を受けた人々のところに行くことになったのです〃となる。これらから丸善版聖書の二十五文字目を推察しようにも、できるものではない。

鴇巣が苛立ちをあらわにした。「だからじつはできなかったといいだすのか？　おまえ通報でもしたのか。時間稼ぎでも狙ってるのか」

「そんな野暮なことはしません。次に山口、高知、大分、福岡の暗号文です。山口県宛ての二行目は〝太ノ拾壱ノ廿壱ノ伍拾捌〃。大正改訳聖書でマタイ十一章二十一節は『禍害なる哉コラジンよ、禍害なる哉ベッサイダよ、汝《なんぢ》らの中にて行ひたる能力ある業を、ツロとシドンとにて行ひしならば、彼らは早く荒布を著、灰の中にて悔改めしならん』となります」

同じ大正改訳聖書で、今度は高知県宛ての暗号文、二行目を参照してみる。〝希ノ玖ノ拾参ノ廿〃。『ヘブル人への書』九章十三節、〝もし山羊《やぎ》および牡牛《おうし》の血、牝牛《めうし》の灰などを穢《けが》れし者にそそぎて其《そ》の肉體を潔むることを得ば……〃。

さらに大分宛ての暗号文、二行目は〝彼後ノ弐ノ陸ノ廿弐〃。大正改訳聖書で該当するのは『ペテロの後の書』二章六節になる。〝またソドムとゴモラとの町を滅亡に定めて灰となし、後の不敬虔《ふけいけん》をおこなふ者の鑑とし〃。

福岡宛ての暗号文、二行目は〝路ノ拾ノ拾参ノ卌参〃となっている。大正改訳聖書でルカ伝十章十三節は〝禍害なる哉、コラジンよ、禍害なる哉、ベッサイダよ、汝らの中にて行ひたる能力ある業を、ツロとシドンとにて行ひしならば、彼らは早く荒布をき、灰のなかに坐《ざ》して、悔改めしならん〟。

李奈は鴇巣にきいた。「なにかお気づきですか」

「……さあな。ばらばらの文章だ。可能性を絞りこめるものか」

「いえ。これらの文章にはすべて〝灰〟の字が含まれています。しかも新約聖書において〝灰〟がでてくるのは、この四か所に限られるんです。マタイ十一章二十一節、ルカ十章十三節、『ヘブル人への書』九章十三節、『ペテロの後の書』二章六節。ほかに〝灰〟はありません」

「原文の二字目は〝灰〟の可能性が高いというのか」

「そうです。どんな翻訳だろうと〝灰〟はおそらく変わりようがないでしょう。今度は暗号文の一行目をたしかめてみます。四つの県宛ては、それぞれヨハネ伝八章五十九節、マタイ三章九節、マルコ五章五節、ルカ四章三節となっています」

また大正改訳聖書で参照してみる。〝ここに彼ら石をとりてイエスに擲《なげう》たんとしたるに、イエス隠れて宮を出で給へり〟、〝汝ら「われらの父にアブラハムあり」と心のうちに言はんと思ふな。我なんぢらに告ぐ、神は此らの石よりアブラハムの子らを起し得給ふなり〃、〃夜も晝も、絶えず墓あるひは山にて叫び、己が身を石にて傷つけゐたり〃、〃悪魔いふ『なんぢ若し神の子ならば、此《こ》の石に命じてパンと爲らしめよ』〃。

李奈はいった。「さっきのが〃灰〃だったから、今度は自然に目が引かれるものがあります。四つの文章に〃石〃があります」

鴇巣がぽかんとした。「一字目は〃石〃？」

「それから原文の三文字目です。暗号文の三行目、山口県宛ては『ロマ人への書』九章三十二節、高知県宛てが『コリント人への後の書』十一章二十五節、大分県宛ては『ヘブル人への書』十一章三十七節、福岡県宛てが『ペテロの前の書』二章八節」

大正改訳聖書ではそれぞれ以下のとおりとなる。〃何の故か、かれらは信仰によらず、行爲によりて追ひ求めたる故なり。彼らは躓《つまづ》く石に躓きたり〃、〃笞《むち》にて打たれしこと三たび、石にて打たれしこと一たび、破船に遭ひしこと三度にして、一晝夜海にありき〃、〃或者《あるもの》は石にて撃たれ、試みられ、鐵鋸《てつのこ》にて挽《ひ》かれ、劍にて殺され、羊・山羊の皮を纏《まと》ひて經あるき、乏しくなり、惱され、苦しめられ〃、〃『つまづく石、礙ぐる岩』となるなり。彼らは服はぬに因りて御言に躓く。これは斯《か》く定められたるなり〃。

佐野が眉《まゆ》をひそめた。「また〝石〟が共通してるじゃないか。一字目と三字目が〝石〟、二字目が〝灰〟……。〝石灰石〟?」

「そうです」李奈はうなずいた。「四県への暗号、冒頭は〝石灰石〟です」

「なにを意味してるんだ?」

「そこはひとまず置いといて、千葉宛ての暗号文に移ります。一行目は〝太ノ壱ノ捌ノ肆〟、マタイ一章八節。大正改訳聖書で〝アサ、ヨサパテを生み、ヨサパテ、ヨラムを生み、ヨラム、ウジヤを生み〟です。明治元訳聖書でも外来語には、漢字の当字とカタカナが併用されていました。外来語のカタカナ表記は丸善版聖書にもありえます」

字数が同じ北海道と千葉が、仮に共通する文章だった場合、一字目の候補としてカタカナなら、パやヤやヨがダブっている。正解はこれらのどれかの可能性がある。重要なこととして、二字目、三字目、四字目も、カタカナを含む節から字が拾われている。

李奈はつづけた。「仮にこれをカタカナ四文字と考えたら? 特に三字目、『新共同訳　新約聖書』では、カタカナ表記で小さい〝ュ〟が共通しています」

北海道宛てのほうは『使徒言行録』十三章二十一節、〝後に人が王を求めたので、神は四十年の間、ベニヤミン族の者で、キシュの子サウルをお与えになり〟。千葉県宛ては七章四十五節、〝この幕屋は、それを受け継いだ先祖たちが、ヨシュアに導かれ、目の前から神が追い払ってくださった異邦人の土地を占領するとき、運び込んだもので、ダビデの時代までそこにありました〟。

明治元訳聖書や大正改訳聖書ではキシュやヨシュアが、小さい〝ュ〟になっていない。けれどもこれらは固有名詞であり、丸善版聖書にも入っていると思われる。

「この〝ュ〟は」李奈は説明した。「捨て仮名といって、拗音《ようおん》類に用いられる、当時としてはわりと新しい表現方法です。先進を志した丸善は、同時期に刊行した『學校用物理書』でも採用しています。ふたつの暗号文に共通する〝ュ〟が拾われた可能性は高いです。二、四文字目も、北海道と千葉の暗号文に指定された節で、共通するカタカナがあります」

樋爪がじれったそうに声を荒らげた。「三字目が〝ュ〟のカタカナ四文字？　なんだ？　もったいぶらずに早くいえ！」

「ヨジュムですよ！　福沢諭吉《ふくざわゆきち》の『福翁自伝』第四章『緒方の塾風』に、〝ヨジュムを作ってみようではないか〟とあります。ヨードすなわちヨウ素のことです」

「な……なに？　ヨウ素だ？」

「それ以下の暗号文を明治元訳聖書と照合してみると、聖書の引用箇所はまちまちながら、指定された節に共通する字があります。それらを拾った結果、冒頭の名詞を除き、あとはすべて共通の原文と推測できます」

「論理が飛躍しすぎてる。そんなやり方で解読は不可能だろう！」

「いえ。マタイ四章二十三節、〝廿肆〟〝廿伍〟。同じ節の二十四および二十五文字目がつづくのがポイントです。大正改訳聖書の該当する節で、二字熟語は〝會堂〟〝御《み》國《くに》〟〝福音〟〝疾患〟。ほかの暗号文が指定する節と照合し、共通するのは〝御國〟。半分以上は不明箇所ですが、穴埋めして補ったのがこれです！」

李奈は紙を空中に投げだした。紙は宙をひらひらと舞った。鴇巣が演壇状の床から駆け下りてきて、泡を食ったようすで紙をつかんだ。

食いいるように書面を見つめ、鴇巣は愕然《がくぜん》とした。「〝石灰石コソ御國ノ宝故直チニ存在ヲ確認ノ上埋蔵温存セヨ〟だと⁉　もうひとつもほとんど同じだ。〝ヨジュムコソ御國ノ宝故直チニ存在ヲ確認ノ上……〟」

思わず李奈は笑った。「慶喜はやはり偉人です。先見の明は本物だったんです。明治時代にそこまで気づくとは。日本は資源のない国と思われがちですが、じつはそうではない。山口、高知、大分、福岡は石灰石の産出で知られます。北海道と千葉もヨウ素の埋蔵量が世界の八割を占めます」

鴇巣がよろめいた。「そんな馬鹿な……。それらが埋蔵金だというのか」

李奈は早口にまくしたてた。「石灰石の産出量は現在でも年間一億四千万トン。セメント原料やコンクリート用骨材をすべて国内需要で賄っています。ヨウ素は天然ガスを採掘する際の副産物で、液晶パネルの偏光フィルムや酢酸製造用の工業触媒、防カビ剤、消毒液、飼料など多用途の万能資源です」

「ほかにないのか⁉ 暗号文は全国津々浦々に送られていたはずだ」

李奈はカバンのなかの書類をぶちまけた。「暗号文は冒頭の単語が異なるだけです。それらも推定される単語は〝インジュム〟、〝パラリジュム〟、〝ガアリリュウム〟、〝白《はっ》金《きん》〟。それぞれインジウム、パラジウム、ガリウム、プラチナを指します。当時、外国の研究者によって発見されて間もない、日本で採掘可能な鉱石類ばかりです」

インジウムは銀白色の金属で、年間産出量が約七十トン、世界需要の約一割が日本産になる。半導体や液晶パネル、LEDの原材料になる。パラジウムは年間約八トンを産出、世界第六位。産業用では電極、触媒として広く使われ、水素バッテリーの開発にも貢献が期待されている。ガリウムは年間産出量十トン、世界第五位で、LEDや半導体に必要不可欠。近い将来には核融合炉の冷却剤として使用されうる。プラチナは自動車の排ガス浄化装置の触媒、電子部品にも多用されている。

　李奈は声を張った。「勝海舟は幕府の財源が底を突いたことなんか先刻承知だった。慶喜は開国後の日本に必要なのが、金銀財宝でなく資源だと見抜いてた。だから将軍職にあるころから調査を進めたんでしょう。インジウムの存在は大政奉還前に知った可能性があります。明治に入ってから、新たに外国で発見されたガリウムの在処《ありか》も、日本国内に突きとめたんです」

　鴇巣が激しく狼狽《ろうばい》しだした。「こんなもの……。いまじゃ常識じゃないか!」

「いいえ！　近年の日本は天然資源について、採掘より手軽な輸入に頼りすぎる一方、土地をどんどん外国人に買い占められています。勝海舟が憂慮した事態は現実になってるんです。慶喜は国の未来を危ぶみ、幕府秘蔵の情報を明治政府に提供した」

「埋め直しの指示というのはなんだったんだ」

「内務省は全国の警察に資源の存在をたしかめさせたのち、確認用に掘った採掘坑を埋め直させたんです。場所を変えて埋め直したという意味じゃなかった」

「明治政府の公文書に、幕府御用金と書いてあったんだぞ！　埋蔵金とも表記されてた」

「〝たちまち外国に睨《にら》まれてしまう〟、あなたもそういったでしょう！　欧米列強に資源を奪われまいと、内務省は暗号文で伝達した。公文書にも幕府御用金と記載しておいたんです」

「なぜそんなふうに記載をした⁉ 御用金なら資源以上に外国の関心を引くじゃないか」

「ちがいます！ 幕府は困窮した財政を立て直そうと、何度となく貨幣改鋳をおこなった。幕末のころには、大判小判も金銀の含有量は最小となり、粗悪な貨幣を流通させていた。幕府御用金があったとしても、明治の世には無価値とみなされる。それが慶喜と勝海舟の共通認識だったんです」

「なんだと……。御用金と表記したのは、無価値に見せかけるためだったというのか」

「いかにも。レッド・ヘリングです」

「レッド・ヘリング……？」

優佳がつぶやいた。「推理小説用語で、意図的な虚偽への誘導。赤いニシンはないけど、塩漬けや燻製《くんせい》の加工で赤くなる。まやかしってこと」

李奈はきっぱりといった。「いまの日本は貴重な資源を活《い》かしきれていない。でもあなたにはどうせ手も足もだせない！ これが徳川埋蔵金のすべてなんです！」

ピアノに十本指を乱暴に叩《たた》きつけたときのような、けたたましい不協和音が鳴り響くに等しい。鴇巣は声のない絶叫をあげ、目を剝《む》き口を大きく開けていた。両手で空《くう》を掻《か》きむしり、膝《ひざ》から崩れ落ちる。無数の書類が散らばった床の上にひざまずき、呼吸困難の様相を呈した。

鴇巣はぜいぜいと荒い息づかいを響かせた。「でたらめだ！　おい樋爪。その女から本当のことをききだせ。幕府御用金は絶対にある！」

樋爪は黙って鴇巣を見つめていた。やがて周りの黒スーツらに目配せした。黒スーツの群れがぞろぞろとエントランスに引き揚げる。蘭子も立ち去りぎわ、李奈をちらと見た。その口もとには、苦笑に似た微笑が浮かんでいた。

「ど」鴇巣がおろおろとしながらきいた。「どうしてだ。樋爪……」

「タダ働きはご免だ」樋爪が鴇巣に背を向けた。「訴訟沙汰《そしょうざた》に巻きこまれるのもな。あんたとサカタリサーチがつるんでやったことだ。俺たちは関係ない」

「ちょ……ちょっとまってくれ！　いまエントランスを開けたら……」

黒スーツの群れが消えていくや、ロビーが騒然としだした。喧噪《けんそう》が荒々しい靴音をともない、吹き抜けのホール内に押し寄せてくる。血相を変えた債権者の集団が続々と詰めかける。制服の警備員らも手に負えないようすだった。鴇巣はすくみあがり、膝が立たないらしい。福津と鵜瀬が必死の形相で、鴇巣を両脇から抱えあげ、三人であたふたと逃げだした。だがエレベーターへの脱出経路を絶たれ、演壇状の床上に追い詰められた。

こぶしを振りあげ怒鳴る群衆に囲まれ、鴇巣は壇上から呼びかけた。静かに。口はそのように動いているが、声は集団の怒号に掻き消された。罵詈雑言《ばりぞうごん》が矢継ぎ早に浴びせられる。鴇巣ら三人はやがてうつむき、しょぼくれたように黙りこんだ。

李奈は優佳を見つめた。優佳の目はまた潤みだしていた。勇気づけるように手をしっかり握る。優佳が微笑を浮かべるのをまち、李奈も笑った。落城の混乱のなか、李奈は優佳とともに歩きだした。

内なる幸せを感じる。マタイ伝六章二十五節にもあった。なにを食べようかなにを飲もうか、なにを着ようかと悩んではならない。魂も身体もそれら以上なのだから。

そう、欲望に走るのは愚かしい。こうして友達と一緒にいられる。尊い時間はいまここにある。

27

午前七時、李奈はカフェの奥のほうの席に座っていた。

店内はがらんとしているため、少し離れた全面ガラス張りの窓を通し、外のようすを眺めるのに支障はない。薄日が射す空の下、滋賀県の中心街、駅前ながらひとけのないロータリーが見えている。

高速バス乗り場は、カフェの出入口のすぐそばにあった。大型夜行バスが徐行してきて、歩道に寄り停車する。開いたドアから乗客が降りてきた。みなダウンジャケットかコート姿だった。

KADOKAWAの派遣社員だった東崎亜衣が、白い息を弾ませながら、車体下部の収納庫から旅行用トランクを受けとる。亜衣には連れがいた。頭頂の禿《は》げた中年男性は前にも目にした。亜衣は所長と呼んでいた。いまでは素性もわかっている。砂潟《さかた》哲夫《てつお》、調査会社サカタリサーチの経営者だった。ほかにも数人、同社の社員らしき男たちが、続々と荷物を受けとる。

台東区にあるサカタリサーチの全社員が行方をくらました、今朝早くそんな報道があった。エルネスト社の騒動を受け、間髪をいれず夜逃げを企てたようだ。警察によれば、社員全員の実家や知人宅をマークしているものの、いまだ発見には至っていないという。

そんなサカタリサーチ一行が、いまガラス一枚を隔て、店の外にいる。亜衣を先頭にこちらに向かってきた。長距離バスでひと晩を明かし、ここで朝食をとろうというのだろう。誰も脇目を振ったりしない。周辺環境には馴染《なじ》みがあるようだった。

亜衣がガラス戸を引き、店内に入ってきた。所長以下ほかの社員らもつづこうとしている。ところがそのとき、歩道上に複数のスーツが現れた。短髪の厳めしい顔つきの男たちが、サカタリサーチの社員を包囲する。砂潟所長はぎょっとして立ちすくんだ。社員たちも慌てふためいている。スーツは社員らの身柄を確保し、店の前から遠ざかっていった。

ただひとり亜衣だけは店内にいて難を逃れた。ガラス越しに外のようすを眺め、どうしようと困惑の素振りをしめしている。このまま隠れたほうがいい、そう考えたらしく、体裁悪そうに店内に向き直る。トランクを転がし、店の奥へと歩いてくる。

たちまち李奈と目が合った。亜衣が驚愕《きょうがく》のいろを浮かべた。李奈が微笑みかけると、亜衣はその場に立ち尽くした。しかしいつまでもたたずんではいられないと思ったのだろう。ためらいがちに歩きだすと、ふらふらと李奈に近づいてきた。

テーブルを挟んだ向かいの椅子に、亜衣が茫然《ぼうぜん》としつつ腰掛けた。李奈は読書中の本を閉じた。

亜衣が信じられないという顔でつぶやいた。「なんでここに……？」

李奈は本にかかったブックカバーをしめした。本の購入時、書店がくれるブックカバー。野牛や馬の絵、幾何学模様。ラスコー洞窟《どうくつ》の壁画を模したデザイン。テーブルに本を置きながら李奈はささやいた。「この隣にある尾舘《おだて》書店で買ったんです。サカタリサーチの所長さんのロッカーに、同じブックカバーの本が何冊もありましたよね。長距離バスに乗る前に本を買う習慣があったんでしょう」

「そんな。まさか」亜衣がうわずった声を発した。「こんなド田舎の本屋のブックカバーなんて、調べようがないでしょ」

「書皮」

「……なに？　書皮？」

「グーグルで〝書皮〟と検索してみてください。全国の書店ブックカバー一覧、地域別の検索も可能なサイトが、いくつもでてきます」

亜衣はなおも唖然《あぜん》とした顔で李奈を見つめていた。徐々に諦《あきら》めのいろが濃くなっていく。やがて肩を落とすように全身を弛緩《しかん》させると、椅子の背もたれに身をあずけた。喉《のど》に絡む声で亜衣がいった。「本のことならなんでも知ってるんだね、杉浦さんは。わざわざ滋賀まで来たの？」

「こっちの警察署に相談しとく必要があったので。出張費はKADOKAWAから経費が下りました」

「あの会社、派遣社員の不正摘発には金を惜しまないんだね」亜衣が鼻を鳴らした。

李奈の手もとをぼんやりと眺める。「なにを読んでたの?」

李奈はブックカバーを外した。角田《かくた》光代《みつよ》の『紙の月』だった。

「ああ」亜衣が苦笑に似た笑いを浮かべた。「派遣社員の女が大金を横領して逃亡。いまのわたしにそっくり。金を持ち逃げしちゃいないけど」

「あなたはまだやり直せますよ。未婚でしょう。この小説みたいに、ろくでなしの夫がいるわけでもないし」

「まあね。億万長者になれるって勧誘には、会社ぐるみで引っかかったけど。自信に満ちた無能ほど厄介な人はいないよね」

「鴇巣社長のことですか」

「そう。業界の大物でしょ。カリスマ性があったし、大儲《おおもう》けできるって話に、所長もわたしたちも目のいろを変えた」亜衣は虚空を眺めた。「貧すれば鈍する。お金がなくなると見境がつかなくなる。杉浦さんは偉いよね。ずっと収入が安定しないのに」

「バイトしながらの作家生活も悪くありませんよ。いろんなことを学べます」

「コンビニのバイトだっけ。セブンイレブン？」

「ローソンです」

「ならわりと書籍コーナーが充実してるよね」

「はい。軽く書店員の気分も味わえます」

「わたしもバイトするべきだったかな。社会勉強が足らなかった」亜衣はテーブルの上の本を一瞥《いちべつ》し、ぼそりと付け加えた。「読書も」

ガラス戸が開いた。厳《いか》めしい顔をした刑事たちが踏みこんでくる。亜衣は観念したように視線を落とした。刑事らは亜衣を囲むように立つと、無言のうちにうながした。やがて亜衣は腰を浮かせた。

刑事らに連行されかけた亜衣が、ふと足をとめた。「杉浦さん。講談社か新潮社にでも軸足を移したら？　宮宇編集長が逮捕されたKADOKAWAは、いまだ魑魅魍魎《ちみもう》の巣窟《そうくつ》かもよ。わたしみたいなのがいたんだし」

李奈は静かに首を横に振った。「恩義には恩義で報いる、あなたもそういいましたよね。わたしはカクヨムからKADOKAWAさんに拾ってもらったんだし」

「そこに義理を感じてるの？　お人好《ひとよ》しすぎない？　せっかく稼いだお金も、あなたの本の宣伝には還元されず、ところざわサクラタウンみたいな道楽に消えてるかも」

「大きな会社には悪意ばかりじゃなく、行きちがいや誤解もあるとわたしは思います。多くの善意があってこそ組織が成り立つのでしょう。わたしは信頼を捨てないつもりです」

「裏切られてがっかりするかも」

「それで本望ですよ。自分できめた結果なら。小説家はフリーランス、いつもたったひとりなので」

亜衣はなにかをいいかけたが、ふと黙りこくった。吹っきれたように表情を和ませ、李奈に小さくうなずいた。踵《きびす》をかえした亜衣が歩きだす。刑事たちが歩調を合わせる。ガラス戸を押し開け、一行は外に消えていった。

李奈は『紙の月』に目を落とした。ブックカバーをかけ直し、そっと手を添える。本が好きだ。おそらくこの愛情は一生変わらない。小説家は天職だと常々感じる。偽らざる思いが胸の奥を満たしている。それでいいのではないか。

28

気心の知れた仲間内の飲み会だが、今回はやや人数が多かった。優佳と曽埜田、李奈の兄航輝、新潮社の草間と寺島。KADOKAWAから菊池が集まる。櫻木沙友理と小笠原莉子は仕事で来られないため、また後日あらためて会うことになった。

日没後、待ち合わせ場所は四谷荒木町《よつやあらきちょう》の飲食街、路地の一角だった。周りの店は賑《にぎ》やかで、会社帰りの人々でごったがえしている。李奈ら忘年会の参加者たちは、みな防寒着姿で寄り集まっていた。一同が路地脇に立つうち、最後のひとり、新潮社の草間が駆けつけた。

草間は妙な笑いを浮かべながら、一冊の本をとりだした。「杉浦さん。サンタからのプレゼントだよ。いまさらだけど」

ぼろぼろの古い本、表紙は和紙だった。短冊のような紙に『丸善篇製新約聖書』とある。李奈は驚いた。「本物ですか!?」

「ああ。福井のお医者さんが持ってると名乗りでてくれた。いらないから送るって」

優佳が苦笑いを浮かべた。「ようやくいまになって?」

李奈は聖書を受けとった。そっとページを開く。当時としては美しい印刷と製本だった。暗号文を何度も検証したせいで、すっかり頭のなかに入っている。北海道に送られた暗号文、一字目から探していった。『ガラテヤ人への書』二章九節、二十五字目を参照してみる。〝ヨ〟だった。次は『コリント人への前の書』十六章十九節三字目で〝ジ〟。『使徒言行録』十三章二十一節、三十六字目、キシュの〝ュ〟。

草間がうなずいた。「見せてもらった暗号文と照合したよ。〝ヨジュムコソ御國ノ宝故直チニ存在ヲ確認ノ上埋蔵温存セヨ〟」

寺島記者が笑った。「一字一句、杉浦さんの推察どおりだったわけだ。こりゃ『週刊新潮』の目玉記事になりうるな」

李奈は首を横に振った。「わたしの名前は伏せていただけませんか」

兄の航輝が顔をしかめた。「なんでだよ？　国家レベルの貢献だろ？」

「もともとあった資源のことにすぎないんだし……」

菊池が咳《せき》ばらいをした。「頼りないな。僕からは本当に価値あるプレゼントを贈ろうじゃないか」

曽埜田が釘《くぎ》を刺した。「雀の涙ほどの小ロット重版を、さもすごいことのように告げてくるのがKADOKAWAの常套手段《じょうとうしゅだん》」

「失敬な」菊池は一枚の紙をとりだした。「これは正真正銘の吉報だぞ」

優佳が先に書面を目にした。「嘘⁉　本屋大賞ノミネート？」

李奈は面食らった。「ほんとに？」

全員が紙に群がった。李奈もそれをのぞきこんだ。本屋大賞実行委員会からのお知らせ。〃杉浦李奈先生の『マチベの試金石』が本屋大賞にノミネートされました〃とある。

一同が歓声をあげた。優佳が満面の笑みとともに抱きついてきた。李奈は信じられない気分だった。歓《よろこ》びがじわじわとこみあげてくる。気づけば泣きそうになっていた。

「でも」李奈は震える声を絞りだした。「まだノミネートだし……」

曽埜田がいった。「ノミネートでも栄誉だよ！　おめでとう。これだけでも本の売り上げが急上昇だろうね」

菊池が澄まし顔でつぶやいた。「どうかな。いまどきは受賞じゃなきゃ、たいして売れたりしないよ」

優佳はふくれっ面になった。「またそんなふうに水を差す！　李奈。やったね。わたし、自分のことみたいに嬉《うれ》しい」

屈託のない友達の笑顔を眺めるうち、なんて幸せなのだろう、そんな実感が李奈のなかに湧いてきた。ひとりで小説家への道を歩みだしたとき、自分は何者でもなかった。いまは少なくともここにいる。

李奈は遠慮がちにささやいた。「もうそろそろ時間でしょ？　お店に行かなきゃ」

寺島が踵をかえした。「ちがいない。あの店のマスターをまたせちゃ悪いよ。急ごう」

一同がぞろぞろと歩きだす。李奈は立ちどまったまま、みなが談笑しながら遠ざかる背を眺めた。そうすることでようやく夢ではないと実感できた。李奈は弾む気持ちとともに一行を追いかけようとした。

すると男性の穏やかな声が呼びかけた。「杉浦さん」

李奈は振りかえった。ロングコート姿の五十代、公安警察の茗荷谷が立っていた。

「ああ……」李奈はいった。「また尾行なさったんですか」

「いえ」茗荷谷は控えめに微笑した。「KADOKAWA富士見ビルから菊池さんがでてくるのを見ただけです。きっと行く先に杉浦さんがおいでだろうと」

監視していた事実にちがいはない。けれども李奈は不快感をおぼえなかった。むしろ茗荷谷を気遣いながら李奈はささやいた。「国にはお気の毒な結果でした」

「気の毒？　いえ。たしかに二十兆円が幻にすぎなかったことを残念がる声も、ないわけではないですけどね。今後も延々と調査に金と労力を費やすよりは、きちんと結論がでてよかったと私は思います」

李奈の手もとにはまだ丸善版聖書があった。それを差しだし、李奈は茗荷谷に提言した。「専門家が分析すれば、ほかのことがわかるかも」

茗荷谷は聖書を受けとった。「あなたの推理こそ正解でしょう。これで片がついたのです。内閣も肝に銘じるべきでしょうね。じつは資源のある国なんだから無駄にしてはならないと」

「ええ。重要なことだと思います」

「政府はよい教訓を得ました。私はむしろあなたに対し、少々申しわけなさを感じています」

「申しわけなさ……ですか？」

「鴇巣社長からの報奨金は論外ですが、国としてもあなたになんのお礼もできない。これだけの偉業を成し遂げたのに」

　李奈は思わず微笑した。「わたしはとっくにご褒美をもらいましたよ。日常が戻ってきました」

「……それでいいんですか？　また小説の執筆に悪戦苦闘、脱稿してからも売れるかどうか、絶えず気を揉《も》まなきゃならない」

「だからこそ生き甲斐《がい》になります。作品を世にだすからには責任が伴いますけど、どんな反応があろうとも、わたしは自分なりの表現を曲げないつもりです。そんな決心がつきました」

茗荷谷はゆっくりとうなずいた。「今度のことはあなたを強くしたようですね」

明確に同意はできない。それでも李奈にはわかることがあった。ただその事実を口にした。「ひとりはもう怖くありません」

白いものが視野をちらついた。粉雪が舞いだしている。茗荷谷は納得したように微笑を浮かべ、李奈に背を向けた。繁華街の雑踏のなかを、ロングコートの後ろ姿が遠ざかっていく。

李奈は夜空を仰いだ。暗がりから湧いてくるような無数の白い光点がある。小説を構成する文字のようだ。生あるかぎりとめどなく浮かんできて、けっして尽きることはない。

特別収録　漫画／nuso

本屋大
杉浦李奈先生の『マチベの試金
本屋大賞にノミネートされました。
本屋大賞…
ほんとに…？
ワアッ
李奈おめでとー!!!

李奈 やったね！
わたし 自分のこと みたいに嬉しい
なんて 幸せなんだろう
ひとりで小説家への 道を歩みだした時
わたしは何者でも なかった
いまは 少なくとも…

コミカライズされるくらい売れたらいいな
…なんて
おいおいノミネートで天狗になるなよ
シ ン…
……？
え
みんなどうしたの？
優佳…？お兄ちゃん？
ス
ッ

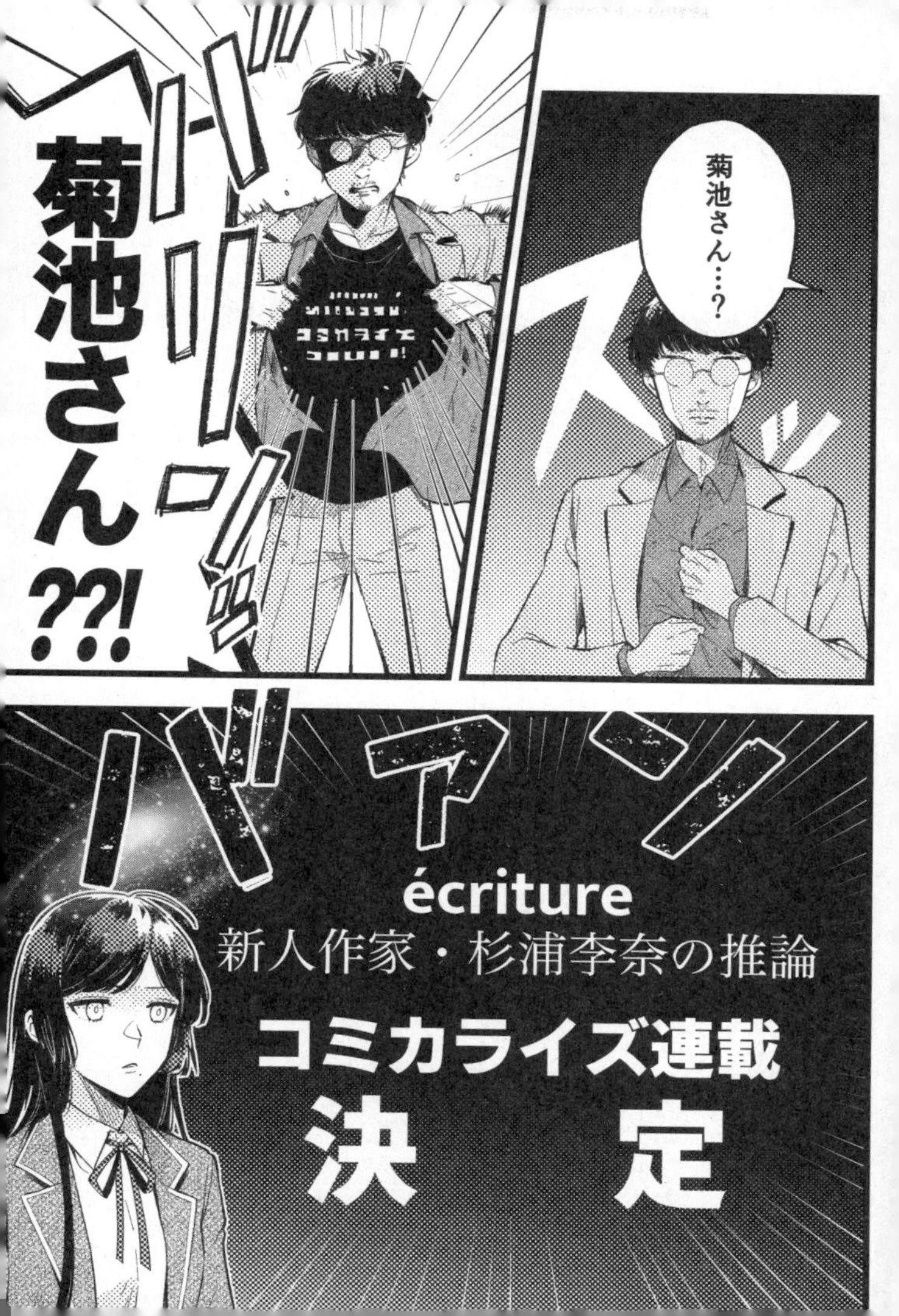
菊池さん…？
ズッ
バーーッ
菊池さん？？！
バァーン
écriture
新人作家・杉浦李奈の推論
コミカライズ連載
決定

解説

吉田《よしだ》大助《だいすけ》（書評家）

杉浦李奈《すぎうらりな》の受難。

二四歳の駆け出し小説家であるヒロインが、何の因果か「本」絡みの事件に巻き込まれ、探偵役となり解決に向けて奔走する――ビブリオミステリー・シリーズ第七巻にあたる本書のストーリーをひとことで言い表すならば、冒頭の一文となるだろう。受難はもともと、キリスト教用語だ。イエス・キリストが十字架に磔《はりつけ》にされた際の苦痛を表す言葉として、新約聖書に登場する。今回、李奈が巻き込まれた大きな事件は聖書に由来するもの。その意味でも、この一語はうってつけではないか。

受難の印象は、前巻との明暗差も作用している。前巻のラストは、李奈のこんなモノローグで終わっていた。〈霧が晴れるように心が洗われる機会がある。いまがそのときにちがいなかった。わだかまりはすべて過去になった。これからは希望あふれる未来しかない。本当の意味で未来の天才になりたい〉。このモノローグは、直接的には、母との和解を意味している。第一巻から登場していた李奈の母・愛美《あいみ》は、三重県の実家に帰ってこい、作家などという不安定な仕事は応援できないと娘に言い続けてきた存在だ。そんな母が上京し、探偵業（!?）も含めた仕事ぶりを目にすることで、娘の人生の選択と才能を肯定する。しかも、自分の文才は母からの遺伝かもしれない……という想像のオマケ付きだ。人生を前へと、明るい未来へと進めた喜びが、ヒロインを突き抜けて読者の胸にも届く快感に満ちたラストだったのだ。

本巻のオープニングは、前巻ラストの快感の延長線上にあると言える。李奈は第一巻の時点では文庫オリジナルのライトミステリーを三冊著したのみだったが、シリーズが進展する過程で新たに文庫を一冊、一般文芸の単行本を一冊、そして自らが解決に関わった事件をまとめたノンフィクションを二冊（一冊は別名義）刊行した。身辺トラブルへの対処が理由ではあるものの、「阿佐ケ谷《あさがや》駅徒歩十七分、木造アパート一階の1DK」（第一巻の表記より）から、同じ街にあるオートロックの1LDKマンションへと引っ越したのだ。

本シリーズは基本的には一巻完結型のミステリーだが、杉浦李奈の作家としての成長を追う大河ドラマ的側面がある。とはいえ生活費を稼ぐためにコンビニでアルバイトもしている李奈が、作家として少しずつ売れるようになることを、スゴロクのマス目に採用してはいない。自分という人間は書くしかない人生を歩むのだ、と少しずつ腹を括っていく様子をこれまで追いかけてきたのだ。そのプロセスを重視すればこそ、李奈は「作家探偵」として世間の知名度は上がれど著作の重版はかからず、作家としてのステップアップにまつわる具体的なエピソードが顔を出すことはこれまでなかった。それが前巻ラストで解禁された。

ところが、本巻冒頭わずか七ページで暗黒へと叩《たた》き落《お》とされる。アマゾンの自著の評価の平均が軒並み星一つとなり、ウィキペディアになぜか引っ越し先の新住所がアップ。自身名義の官能小説が編集者にメールで送られ、郷里の母からは電話で、自分と思しき女性がホストに溺《おぼ》れている姿を映したDVDの存在を知らされる。主人公に負荷をかけよ、とは物語創作上の極意としてよく知られているが……ヒロインを失神させるほどとは！　もう一度記そう。本巻は、杉浦李奈の受難の物語である。

インパクト抜群のオープニングの後、目を覚ました李奈は、人生を取り戻すために立ち上がる。自分がどんな攻撃を受けておりこれからどう動けばいいのか、仲間たちと現状分析を開始する。これまでの作家&探偵活動を通して培ってきた人間関係が、李奈にとっての武器となり支えとなっている様子を見れば、シリーズを読み継いできた人ならば喜びに貫かれることだろう。

その現状分析の過程で、出版界の業界内幕モノである本シリーズの面目躍如たるエピソードが顔を出す。ＫＡＤＯＫＡＷＡの編集者は言う。作家は人気商売だから、本に何かしらの色が付くようなニュースは避けるべきだ、と。その意見はよくわかる、と李奈は思う。

〈読書への没入を誘う作家論なら歓迎だが、それ以外の雑音は読む気を失わせる。小説家のせいではないとわかっていても、人間的ないざこざがきこえてくると、なんとなく醒《さ》めてしまう。（中略）空想の作中世界以外をちらつかせてほしくない〉

Ｔｗｉｔｔｅｒなどで度を越した個性を披露した結果、人格や思想への疑いが世間に浸透し、読者をシラけさせた作家の顔が何人も浮かぶ。余談だが、本作の著者である松岡圭祐はＳＮＳの類を一切やっていない。公式サイトの「Ｉｎｆｏｒｍａｔｉｏｎ」欄で新刊告知を流すのみだ。作品のために自分はできるだけ透明な存在でありたい、という思いのなせるわざだろう。

以上のようなサブプロットがセットアップされたところで、本巻のメインプロットが始動する。大手企業の社長・鴇巣東造《ときのすとうぞう》から、明治《めいじ》時代に初めて翻訳された聖書についての研究本の執筆を依頼されるのだ。李奈自身は気が進まないものの、調査を進めざるを得ない事態に巻き込まれる。その聖書の出自が面白い。この部分は小説オリジナルだ。

日本において聖書は、どのような翻訳と出版の歴史を持つか。最古とされる「明治元訳聖書」は、プロテスタントの宣教師たちの手により一八八〇年に新約聖書の、一八八七年に旧約聖書の翻訳が完成となり順次出版された。ここまでは、史実として知られている。しかし、実は一八八〇年に新約聖書の別バージョンの翻訳本を、丸善《まるぜん》が出版していた――。李奈に課せられた使命は、丸善版『新約聖書』を探すことだ。

本作は、ビブリオミステリーの王道にしてシリーズ初となる「幻の本」を巡る物語である。パッと思い付くだけでも恩田陸《おんだりく》の『三月は深き紅の淵を』、森見登美彦《もりみとみひこ》の『熱帯』、三上延《みかみえん》の『ビブリア古書堂の事件手帖Ⅱ～扉子と空白の時～』と、多くの作家たちがトライしてきた題材だ。松岡圭祐版「幻の本」は、内容について衒学《げんがく》趣味にはならない絶妙な塩梅で記述しつつ、本の周辺に二重三重の仕掛けを張り巡らせている。ミステリー部分のネタバレになるため本来はこれ以上踏み込むべきではないのだが……キーパーソンは「最後の将軍」として知られる、徳川慶喜《とくがわよしのぶ》。慶喜と聖書にどんな関係が？　史実の隙間《すきま》に、あり得たかもしれない歴史を探るこの視線も、本シリーズにおける新機軸だ。

本巻において最も重要なポイントを指摘したい。実は、丸善版『新約聖書』を調査する過程で、李奈の前に大金を手にする可能性が浮上する。その可能性をきっかけに、もしも使いきれないほどの大金を手に入れたら小説を書くのか否か、という問題が仲間内で議論に上る。李奈は言う。「……たぶんおばあちゃんになっても小説を書いてると思う。どんな生活がまってるか知らないけど」。物語が四分の三を過ぎたところで登場するこの言葉は、最終盤においてより強い表現に変換されたうえで、李奈の心の中で再び放たれる。

主人公の作家としての成長を追う大河ドラマという側面から見た場合、シリーズ第七巻を数える本作では何が書かれているか。自分という人間は書くしかない人生を歩むのだと、決定的に腹を括るのだ。杉浦李奈の受難を描く本巻は、受難をくぐり抜けた先に現れる、杉浦李奈の覚悟を描く営みでもあった。

李奈の中にブレることのない覚悟が宿った、だからこそ「売れる」のストーリーラインを動かすことが可能となったのかもしれない。本巻のラストでは、「売れる」にまつわる大きなイベントが発動する。続刊はシンデレラ・ストーリーとなるか？　いずれにせよ李奈は、自身を取り巻く状況が変わることで戸惑うことはあれど、うわつくことはないだろう。読者がそう信じられるよう、作者は七巻かけて彼女の個性と人間性を綴《つづ》ってきたのだから。

本書は書き下ろしです。

この物語はフィクションであり、登場する個人・団体等は、現実と一切関係がありません。

écriture《エクリチュール》　新人作家《しんじんさっか》・杉浦李奈《すぎうらりな》の推論《すいろん》 VII

レッド・ヘリング

松岡圭祐《まつおかけいすけ》

令和4年 12月25日　初版発行

発行者●山下直久

発行●株式会社KADOKAWA
〒102-8177　東京都千代田区富士見2-13-3
電話　0570-002-301（ナビダイヤル）

角川文庫 23466

印刷所●株式会社暁印刷
製本所●本間製本株式会社

表紙画●和田三造

●お問い合わせ
https://www.kadokawa.co.jp/（「お問い合わせ」へお進みください）
※内容によっては、お答えできない場合があります。
※サポートは日本国内のみとさせていただきます。
※Japanese text only

ISBN 978-4-04-113311-8　C0193

角川文庫発刊に際して

角川源義

第二次世界大戦の敗北は、軍事力の敗北であった以上に、私たちの若い文化力の敗退であった。私たちの文化が戦争に対して如何に無力であり、単なるあだ花に過ぎなかったかを、私たちは身を以て体験し痛感した。西洋近代文化の摂取にとって、明治以後八十年の歳月は決して短かすぎたとは言えない。にもかかわらず、近代文化の伝統を確立し、自由な批判と柔軟な良識に富む文化層として自らを形成することに私たちは失敗して来た。そしてこれは、各層への文化の普及滲透を任務とする出版人の責任でもあった。

一九四五年以来、私たちは再び振出しに戻り、第一歩から踏み出すことを余儀なくされた。これは大きな不幸ではあるが、反面、これまでの混沌・未熟・歪曲の中にあった我が国の文化に秩序と確たる基礎を齎らすためには絶好の機会でもある。角川書店は、このような祖国の文化的危機にあたり、微力をも顧みず再建の礎石たるべき抱負と決意とをもって出発したが、ここに創立以来の念願を果すべく角川文庫を発刊する。これまで刊行されたあらゆる全集叢書文庫類の長所と短所とを検討し、古今東西の不朽の典籍を、良心的編集のもとに、廉価に、そして書架にふさわしい美本として、多くのひとびとに提供しようとする。しかし私たちは徒らに百科全書的な知識のジレッタントを作ることを目的とせず、あくまで祖国の文化に秩序と再建への道を示し、この文庫を角川書店の栄ある事業として、今後永久に継続発展せしめ、学芸と教養との殿堂として大成せんことを期したい。多くの読書子の愛情ある忠言と支持とによって、この希望と抱負とを完遂せしめられんことを願う。

一九四九年五月三日

優莉結衣、最後のピース

優莉結衣　高校事変　劃篇

松岡圭祐

2023年1月25日発売予定

発売日は予告なく変更されることがあります。

角川文庫

ビブリオミステリ最高傑作シリーズ！

好評既刊

écriture《エクリチュール》 新人作家・杉浦李奈の推論 Ⅰ〜Ⅵ／松岡圭祐

角川文庫

角川文庫ベストセラー

万能鑑定士Qの事件簿 0　松岡圭祐

舞台は2009年。匿名ストリートアーティスト・バンクシーと漢委奴国王印の謎を解くため、凜田莉子がもういちど帰ってきた！　シリーズ10周年記念、完全新作。人の死なないミステリ、ここに極まれり！

万能鑑定士Qの事件簿（全12巻）　松岡圭祐

23歳、凜田莉子の事務所の看板に刻まれるのは「万能鑑定士Q」。喜怒哀楽を伴う記憶術で広範囲な知識を有す莉子は、瞬時に万物の真価・真贋・真相を見破る！　日本を変える頭脳派新ヒロイン誕生!!

万能鑑定士Qの推理劇 Ⅰ　松岡圭祐

天然少女だった凜田莉子は、その感受性を役立てるすべを知り、わずか5年で驚異の頭脳派に成長する。次々と難事件を解決する莉子に謎の招待状が……面白くて知恵がつく、人の死なないミステリの決定版。

万能鑑定士Qの推理劇 Ⅱ　松岡圭祐

ホームズの未発表原稿と『不思議の国のアリス』史上初の和訳本。2つの古書が莉子に「万能鑑定士Q」閉店を決意させる。オークションハウスに転職した莉子が2冊の秘密に出会った時、過去最大の衝撃が襲う!!

万能鑑定士Qの推理劇 Ⅲ　松岡圭祐

「あなたの過去を帳消しにします」。全国の腕利き贋作師に届いた、謎のツアー招待状。凜田莉子に更生を約束した錦織英樹も参加を決める。不可解な旅程に潜む巧妙なる罠を、莉子は暴けるのか⁉

角川文庫ベストセラー

万能鑑定士Qの推理劇 IV　松岡圭祐

「万能鑑定士Q」に不審者が侵入した。変わり果てた事務所には、かつて東京23区を覆った〝因縁のシール〟が何百何千も貼られていた！　公私ともに凜田莉子を激震が襲う中、小笠原悠斗は彼女を守れるのか!?

万能鑑定士Qの探偵譚　松岡圭祐

波照間に戻った凜田莉子と小笠原悠斗を待ち受ける新たな事件。悠斗への想いと自らの進む道を確かめるため、莉子は再び「万能鑑定士Q」として事件に立ち向かい、羽ばたくことができるのか？

万能鑑定士Qの謎解き　松岡圭祐

幾多の人の死なないミステリに挑んできた凜田莉子。彼女が直面した最大の謎は大陸からの複製品の山だった。しかもその製造元、首謀者は不明。仏像、陶器、絵画にまつわる新たな不可解を莉子は解明できるか。

万能鑑定士Qの短編集 I　松岡圭祐

一つのエピソードでは物足りない方へ、そしてシリーズ初読の貴方へ送る傑作群！　第1話 凜田莉子登場／第2話 水晶に秘めし詭計／第3話 バスケットの長い旅／第4話 絵画泥棒と添乗員／第5話 長いお別れ。

万能鑑定士Qの短編集 II　松岡圭祐

「面白くて知恵がつく人の死なないミステリ」、夢中で楽しめる至福の読書！　第1話 物理的不可能／第2話 雨森華蓮の出所／第3話 見えない人間／第4話 賢者の贈り物／第5話 チェリー・ブロッサムの憂鬱。

角川文庫ベストセラー

特等添乗員αの難事件 I　松岡圭祐

掟破りの推理法で真相を解明する水平思考に天性の才を発揮する浅倉絢奈。中卒だった彼女は如何にして閃きの小悪魔と化したのか？　鑑定家の凜田莉子、『週刊角川』の小笠原らとともに挑む知の冒険、開幕!!

特等添乗員αの難事件 II　松岡圭祐

水平思考―ラテラル・シンキングの申し子、浅倉絢奈。今日も旅先でのトラブルを華麗に解決していたが……聡明な絢奈の唯一の弱点が明らかに！　香港へのツアー同行を前に輝きを取り戻せるか？

特等添乗員αの難事件 III　松岡圭祐

凜田莉子と双璧をなす閃きの小悪魔こと浅倉絢奈。水平思考の申し子は恋も仕事も順風満帆……のはずが今度は壱条家に大スキャンダルが発生!!〝世間〟すべてが敵となった恋人の危機を絢奈は救えるか？

特等添乗員αの難事件 IV　松岡圭祐

ラテラル・シンキングで0円旅行を徹底する謎の韓国人美女、ミン・ミヨン。同じ思考を持つ添乗員の絢奈が挑むものの、新居探しに恋のライバル登場に大わらわ。ハワイを舞台に絢奈はアリバイを崩せるか？

特等添乗員αの難事件 V　松岡圭祐

〝閃きの小悪魔〟と観光業界に名を馳せる浅倉絢奈に1人のニートが恋をした。男は有力ヤクザが手を結ぶ一大シンジケート、そのトップの御曹司だった!!　金と暴力の罠を、職場で孤立した絢奈は破れるか？